JN324423

二見文庫

女医・倉石祥子　死の病室

霧村悠康

登　場　人　物　紹　介

倉石祥子	国立O大学呼吸器内科助教
岩谷乱風	埼玉署刑事・医師
神山烈火	祥子の患者
神山蘭子	烈火の妻
池杉雄策	池杉外科内科病院長
池杉時枝	雄策の妻
前原さゆり	池杉病院看護師
前原園子	さゆりの母親
秋山美代子	池杉時枝専属看護師
秋山 稔	美代子の夫
蒲田 駿	国立O大学看護師

女医・倉石祥子
死の病室

プロローグ

秋山美代子《あきやまみよこ》は少し頭に来ていた。何年も身のまわりの世話をしていた病人の専属看護師を解雇されたのだ。病人のことが気になってならなかった。美代子は解雇から三カ月、いてもたってもいられなくなった。

ある日の夕方、とうとう美代子は病人の居宅へ出かけて行った。

病室にしているのは、あの角部屋だ。周囲を緑深い樹木で囲まれた、心の落ち着くその部屋を病人は好んだ。

ほんのりと灯が漏れている。時どき翳《かげ》るのは、誰かが光を遮るからだ。病人はほとんど寝たきりだった。動けないはずだ。

美代子は窓に近づき、そっと中を覗いてみた。頭に血がのぼった。

女がいた。病人の腕に点滴をしていた。看護師だ。新しく雇われたのか。長い年月、誠心誠意面倒をみてきた自分を辞めさせて、見たこともない別の女を雇ったのか。

ふと、女がこちらに目を向けた気がした。美代子はあわてて首をすくめて、音をたてないように窓から離れ、木陰に身を隠した。

窓は開かなかったが、黒い女の影が外をうかがっている様子だ。美代子は怒りで身を震わせながら、そこから動かなかった。

これは絶対に文句を言ってやらなければと、美代子は窓から人影が見えなくなってしばらくして、その場を離れた。文句を言う相手は、この時間はまだ、ここから少し遠いが、隣のO市内にいるはずだ。

美代子は必死で自転車のペダルをこいだ。陽が落ちた。残照を空に、街の灯、車の光の色がまばゆくなっていく。

道は暗いが、こちらが近道だ。美代子はそれまで走ってきた幹線道路を逸れて、一方通行の細い道に入った。

自転車のライトだけが道標である。後ろから光が迫ってきた。バイクのエンジン音が近づいてきた。美代子は道路わきに避けた。

バイクが追い越していく。と、急に自転車が強く引かれて、あっという間もなく、美代子は道路にたたきつけられた。同時に、頭が割れるような衝撃があった。脳が揺すぶられた。

すぐ前にバイクが止まった。人が近づいてきて、美代子の体じゅうをまさぐり、スラックスのポケットから財布を抜き取った。首筋に指が乗った。

泥棒……意識が遠のいた。

01

「ちょっと、早く！　何してるの」

祥子《しょうこ》の鋭い声が、外来処置室に響きわたった。

窓の外には、夜の闇を弾き飛ばすように、赤い灯が回転している。

たった今、救急車から運び込まれたストレッチャーの上で揺れている患者に意識はない。午後七時を回ったところだ。

患者の瞳孔にペンライトの光を当てて、まだ救命の可能性ありと判断した祥子は、当直の看護師に、

「無呼吸に近い。直ちに挿管《そうかん》します。準備して。ルート取って」

と、大声で指示を出して、自らはベッドに移された患者の胸をはだけ、ブラジャーをずらし、聴診器をあて、耳は心音を、目は肌の露出している部分に異常がないかを、素早く確かめている。

そのあいだ、もう一人の看護師は、右手首に静脈ルートを取り、点滴をつなぎ、

心電図端子を貼り、患者のスカートを下ろし、ショーツまで引き下げ、大腿《だいたい》を押しひろげ、バルンカテーテルを外尿道口《がいにょうどうこう》より挿入。

祥子は内腔《ないくう》を黄色透明の尿がわずかに流れ出たのまで一瞬に見取って、患者の頭側に位置を変えた。

心電計はピッ……ピッ……ピッと音が遅い。脈拍が三〇と表示された。

「マッキントッシュ《喉頭鏡》」

差しのべた手に、器械が渡らない。一分前に挿管の準備を指示した看護師が、救急カートの前でもたもたしている。

祥子は三歩後退、自らマッキントッシュを左手につかみ、右手で挿管チューブを確認し、三歩前進。患者の口をこじあけて、十秒後には気管内挿管を完了した。直ちにアンビュウバッグをつないで押すと、シューッと患者の胸が持ち上がった。

「あなた、これ押して。自分の呼吸に合わせて」

先ほど怒鳴られた若い看護師は、ハイと返事をしたものの祥子をひとにらみして、バッグをぎこちなく押しだした。

人工呼吸を看護師に任せた祥子は六十歳くらいの女性患者を、今度は髪の毛からつま先までじっくりと調べた。

頭部、肩、腰など、いくつかの打撲らしい傷と擦過傷《さっかしょう》以外に、体表面には格段の異常は見つからない。

「救急隊の方たち。この患者さんのこと、何かわかります」

「路上に人が倒れていると通報がありました。意識がないということで。その他のことは、詳しくはわかりません。所持品もなく。現場はこのすぐ先の道路です」

救急車内で測定されたヴァイタルサインは、血圧八〇―四〇、脈拍五〇、呼吸は一分一〇回、酸素マスクにアンビュウバッグで人工呼吸を施した、その間ほぼ五分、と説明があった。身元不明である。

「先生。お名前は」

「当直の倉石《くらいし》です」

「下のお名前も」

「祥子です」

救急隊員の目は、祥子の顔に釘付けだ。マスクで顔半分を覆っているから、隊員たちの表情までは見えない。

「患者さん、いかがでしょうか。病名は」

「今のところ、よくわかりませんが、頭を打っているようですし、あまりよくないようですね。このあとCTとかで調べてみます」

わかりました、それでは、あとをよろしくお願いします、と隊員たちは頭を下げて去っていった。

「ちょっと、あなた。ちゃんとバッグ押して」

また祥子の鋭い声が飛んだ。何に気を取られているのか、看護師の手が休んでいた。

救急車のエンジン音が遠ざかっていく。

「脳梗塞か、出血か……頭部打撲による出血かも……心電図は異常ないし……」

CTをお願いしますと、放射線科技師当直に声をかけ、看護師には、

「どちらか、アンビュウ押すの、お願いできます」

年配のもう一人の看護師が、承知しましたとうなずいた。点滴ルートを一発で取り、テキパキと処置を進めた小山幸代《こやまゆきよ》看護師だった。

CTを撮るあいだ、呼吸をさせておかなければならない。放射線防護服を着用しての、アンビュウバッグを押す作業が必要となる。若い看護師からバッグを引き取り、動くストレッチャーとともに、小山看護師はCT室内に入っていった。

祥子は処置室に戻って、カルテにこの十分間の奮戦内容を記しはじめた。横で祥子に怒鳴られた看護師が立っている。

「何してるの、あなた。何かすることあるでしょう。次、患者さん来たらどうするの。片づけて」

カルテにペンを走らせながら、祥子は頭の中で、もうちょっと勉強してよね、とできない看護師に毒づいている。

カルテを書き終えて一息ついた祥子は、若い看護師の背中を見て思った。このごろ私もキツくなったわねえ。新米ホヤホヤの看護師なのだろう。少しかわいそうになった。

「さっきはちょっとキツいこと言って、ごめんなさいね。でもね、わずかな遅れが致命的になることもあるの。あなたは看護師になってどのくらい」

「半年です。それが何か」

挑戦的な看護師の名札に、『前原《まえはら》』とあった。

「そう。でもね、医療の世界は、経験がなくて仕方がないというのは通用しないのよ。今の患者さんもそうだけど、命がかかってるでしょう。知らない、できない、ではすまないのよ。ひとつまちがえば、それで終わりよ。だから」

「わかりました」

祥子の言葉を遮って、看護師は強い声を放った。いかにも「うるさい」と言いたげな声だった。

ＣＴが終わった。

技師が出てきて、モニター画面に映し出された画像を祥子に示した。

「梗塞はありません。何かの拍子に倒れて、頭打ったんじゃないですかね。硬膜《こうまく》外《がい》に血腫があります」

「じゃあ、脳外ですね」

「どうします、先生。うちじゃ対応できませんよ」

「呼吸抑制（脳の障害などが原因で呼吸ができなくなっている病態）が来てますすから、早く血腫の除去をしないと。脳神経外科は」

「すぐ近くに、近藤《こんどう》脳神経外科があります」

連絡すると、先方は対応可能ということで、再び救急隊を要請し、十分後にはアンビュウバッグを押す小山看護師とともに、患者は一路、近藤病院に向かっていた。

救急車のテールランプが見えなくなり、院内に戻ろうとした祥子に、前原看護師の声がはっきりと聞こえた。

「初めから、救急車返さなければいいのに。患者さん、救急車来るまで余計な時間かかったんだから」

前原看護師から仕返しされた気がした。若い看護師は祥子と目を合わせることなく、病棟に上がっていった。

当直室の電話が鳴った。先ほどの患者に付き添っていた小山看護師からだった。

「先生、行ってきました。すぐ緊急オペに入るそうです」

「ご苦労さまでした」

「私が帰ろうとしたとき、警察が来ました。どうも患者さん、ひったくりに遭《あ》ったか何かで、倒れて頭を打ったみたいです」

「ひったくりですか。それで所持品がなかったのね」

「何件か、近辺で発生しているみたいです」

「ひどいわねえ。身元はわかったのですか」

「それはまだ。また連絡があると思います」

電話が切れた。

祥子は持ってきた英語の文献をひろげると、細かい横文字に目を流していった。

一ページも読まないうちに、再び電話が鳴った。

「先生。外来に患者さん一人、お願いします。風邪とかで」

若い女性だった。医者は風邪をひかないとでも思っているのか、咳を遠慮なく祥子に吹きつけてくる。

「あなた。咳のエチケットくらい、わかるでしょ」

「でも、私も電車のなかで、思いっきり咳している人に感染《うつ》されたんです」

言ってもきかない患者に、診察を終えたあと祥子は「他人《ひと》は他人。あなたはあなたよ」と処方箋を渡した。

患者が出て行くと、小山看護師がまた声をかけた。

「外傷の患者さん、一人来てます。擦過傷程度なので、先生、診てもらえますか？　外科当直の木村《きむら》先生、いま病棟で手が離せないみたいで、どうしても無理なら連絡してくれと」

「わかったわ」

処置室に入ってきた患者の顔を見て、祥子は驚いた声をあげた。

「蒲田《かまた》くん」

大学病院の病棟に勤務する看護師だった。まだ若い。最近、男性看護師が急増しているが、彼もその一人だ。

「えっ。倉石先生、この病院で当直ですか。先生、外科もやるんですか。ここ、外科の先生は？」

「何言ってんのよ。内科医だって、何でも診られなきゃいけないし、簡単なナート《縫合》ぐらいできるわよ。それに今、外科の当直の先生、病棟で手が離せないのよ。私でご不満かしら」

「あ、いいえ」

蒲田はあわてて手を振った。

「で、どうしたの」

「道で転んじゃって」

「酔ってんの？」

蒲田から、少しアルコール臭がした。

「少しです。友だちと飲んでたら、『泥棒、ひったくり』って」

「えっ」

「店の外で叫び声がしたので、飛び出したら、女性がひっくりかえっていて」

「まあ」

「男が逃げていくのが見えたんです」

「追いかけたのね」

「それが……女性の自転車にけつまずいて」

「転んだわけ」

蒲田の服がところどころ破れていた。

蒲田はコクリとうなずいて、頭をかいた。指の皮膚がめくれて、血が固まっていた。

「服、脱いで」

「え？　脱ぐんですか」

「あたりまえよ」

肘や膝にも擦過傷があった。さいわい縫合するほどではなかったが、傷のなかにアスファルトの細かい粉が入っていた。

「ブラシで洗浄ね」

水道水の下で、手指洗浄用のブラシに薬液をつけてゴシゴシやると、蒲田はヒイィと腕を引いた。ブラシが祥子の手から飛んで、床に落ちた。

「ちょっと。何やってんのよ、蒲田くん。少しくらい我慢して」

「イテテ、イテテ。自分でやります」と蒲田はブラシを取って、顔をしかめながら、自分で傷の処置をはじめてしまった。

「ちゃんと、きれいにしなさいよ。残ってると、あとで膿むかもね。創処置は最初が肝心」

洗浄後、消毒液を塗ると、蒲田はまたヒイィと、情ない顔になった。

そのとき、ピーポーピーポーと、遠くに救急車の音がして、ぐんぐん近づいてきた。

「先生。救急ですね」

ピーポーピーポーピッ！

サイレン音が止まった。ガヤガヤした人の声と、ドアを開け閉めする音が、やたらに響く。ガタガタとストレッチャーの車輪音が向かってきた。

蒲田はすばやく衣服を身に着けると、処置室の隅に体を寄せた。

「女性です。急性アルコール中毒のようです。意識状態三〇〇（昏睡状態。いかなる刺激にも反応しない状態）」

救急隊員が叫びながらストレッチャーを押して入ってきた。

駆け寄って、患者の鼻に顔を近づけると、なるほどアルコールの臭いがプンプンする。

「ああ！　おかあさん！」

えっ！　と救急隊員、小山看護師、祥子まで、前原看護師の顔を振り返った。

蒲田の目が患者と看護師の間をウロウロしている。

「お母さんですか。あなたは？」

隊員が、患者にしがみついた看護師の胸に揺れる名札を覗き込んでいる。

「おかあさん、おかあさん」

前原看護師が女性の肩に手をかけて必死で揺さぶっている。まったく反応がない。グラグラと首が右に左に揺れるばかりだ。

「このすぐ近くの道路で倒れていたのです」

「とにかく、ルート取って！　二本。バルーンも。ヴァイタルは？」

小山看護師が答えた。

「七〇。下は測れません」

「呼吸は今のところ大丈夫のようね」

前原看護師は必死の形相で、祥子の指示より早く、母親の右腕の袖をめくりあげて、肘静脈《ちゆうじようみやく》に針を刺して……失敗した。

小山はすでに左手首に一本静脈路を確保、点滴を流している。

「何やってるの。貸してごらんなさい」

小山看護師は前原から針をひったくって、新しいものに付け替え、叱りつけた。

「上からやると、失敗したら、あと末梢のほう、使えないじゃない。こういうときは、下からやらないと。習わなかったの!?」

前原は小山に、きつい視線を返した。

右肘の失敗したところには絆創膏が貼られた。表面に血が滲み出てきた。

「アルコールが入っているから、血が止まりにくい。足は」

結局、右足首にもう一本、点滴が入った。

「昇圧剤入れる前に、とにかく点滴と利尿剤」

バルーンから尿がスーッと流れだした。

それを見ていた救急隊員が声をかけた。

「では、お願いいたします。診断名は、急性アルコール中毒でよろしいですね」

「まちがいないと思います」

「患者さんのお名前を」

隊員が前原看護師に顔を向けた。

「前原園子《そのこ》です」

「そのこのそのは、どんな字を書きます？」

うっとうしいと言わんばかりに、前原は早口で答えた。

「公園の園」

名前を記録簿に書き込んだあと、隊員は祥子を見た。

「先生は、お名前、倉石先生でしたね」

先ほどの患者を運んできた救急隊員だった。祥子の顔を覗き込んで、名前を確かめると、うれしそうに帰っていった。

前原看護師は目を見開いて、突っ立ったままだ。

「前原さん、何してるの。お母さんでしょ。あなたが当直のときに来合わせて、とても落ち着かないでしょうけど、ちゃんと看てあげなさい」

小山が叱咤激励した。祥子は先ほどとは違ってやさしい声で言った。

「アルコールが抜けちゃえば、元に戻るから。今の様子じゃ、意識はないけれど、これ以上悪くはならないと思うわ」

「母についていて、いいですか」

前原は小山に向けて尋ねた。

「困ったわねえ。当直、私一人じゃ……。今から代わりの人、頼めないし。でも今夜は内科病棟は落ち着いているし。じゃあ、外来、もし忙しくなったら、手伝ってくれる？」

前原は無言だ。拒絶しているようにも見える。

「お母さんは点滴して、尿を出して、アルコールを洗い流す以外に、することないから」

「ついていて、いいんですね」

「そんなに心配なら、いいわ。その代わり、どうしても手が足りなくなったら、お願いよ」

そう言われて前原看護師は唇をかみながらストレッチャーを自分で押して、三階の空いていた個室に運び込んでいった。

「あら、蒲田くん、まだいたの」

祥子のいま気がついたという声に、蒲田が処置室の隅からのそのそと出てきた。

小山看護師はとがめる目つきをしている。

「出るタイミングなくて。でも、勉強させてもらいました」

「蒲田くんは、看護師で外の当直とか行ってないの？」

小山が、この人看護師？　という顔つきで少しまぶたを動かした。

「規則上、それは無理です。黙って行っている人もいますけど。僕もいろいろと勉強したいから、夜の当直とか入りたいんですけどね。こちらのような救急病院で」

あ、と祥子は小山に目を向けた。

「ちょうどいいじゃない、小山さん。この人、大学病院の看護師よ。前原さんの分、今晩やってもらったら。さいわいケガもたいしたことないし」

小山は何を言っているんですという目つきだ。

「というわけにはいかないか」

「もちろんです」と小山は「先に病棟に上がります」とさっさと行ってしまった。

「じゃあ、先生。僕もこれで。どうもありがとうございました。明日また病院で」

「気をつけてね」

ふと祥子は気になって訊いてみた。

「ちょっと待って、蒲田くん。ひったくりって、どこで」

「この近くです」

正確な住所はわからないけれど、南三丁目交差点の近くと言った。

「何時ごろ」

「三十分ほど前です」

「一緒に飲んでいた友だちは？　その友だちはケガは？」

「すぐに警察が駆けつけてきて、簡単に事情を訊かれました。友だちは大丈夫です。帰ったんじゃないかな。一緒について来ると言ったんだけど、この程度ですから」

「被害者の女性は？」

「気を失っていたみたいです。救急車が来てました」

先ほどの患者だと祥子は思った。

「僕も気がついたら指に血が出ていたし、あちこち痛くて。警官に訊いて、ここ教えてもらったんです。まさか先生に会うとは」

「犯人の姿、見なかったの」

「近くに停めてあったバイクに飛び乗って逃げました。後ろ姿は見ましたけど、人相までは無理ですね」

蒲田はもう一度、礼を言って帰っていった。

病棟に戻った祥子は、ベッドに横たわった前原看護師の母親を再度診察し、血圧が上昇、呼吸は落ち着き、尿も順調に流れ出ているのを確認した。そして女医の様子をじっと見ていた前原看護師に、大丈夫と笑みを送って部屋を出た。

前原はニコリともしなかった。

ナースステーションには小山が戻っていた。

「先生、カルテです」

新しい入院カルテに、「前原園子」と名前がある。

「前原さんのお母さん、五十歳ですか。まあ、それぐらいですかね。もう少し歳をとっているかと思ったけど」

「前原さんはいくつ?」

「さあ？　二十四、五じゃありませんか。でも、あんまり似てませんね」

祥子は話しかけてくる小山にいちいち返事をしながら、搬送時の前原園子の状態と処置内容を記していった。

「大丈夫ですか、先生」

「まあ、大丈夫だと思うけど。いいえ、前原さんのお母さんだからというわけじゃないけど、ちゃんと快復してもらわないと困るわよ」

「そうですね」

「お母さん、そんなにお酒、召し上がるのかしら」

「さあ、知りません。彼女、つい先日入職してきたんです。当直は今日が初めてのはずです」

「住所はお隣のM市ね。ちょっと遠いけど、一緒に住んでいるのかしら。お父さんは？」

家族歴を記入しようとして、手が止まった。本人は意識不明の状態なので訊けるはずもなく、あとで前原看護師に確認しておこうと思った。

時計は十二時近い。間もなく、日が変わる。

救急処置をしていると、長いようで、あっという間に時間が経っていく。

当直室に戻ると携帯に着信メールがあった。乱風《らんぷう》からだ。

遠距離恋愛の相手、岩谷《いわたに》乱風は埼玉県の刑事である。国立T大医学部出身の医師という異例の肩書きを持つ男で、日夜、社会の病気、すなわち事件の処理に飛びまわっている。

「今日は当直だね。ご苦労さま。こちらは少々超過の勤労奉仕で、先ほどまで仕事をしていた。会いたいけれど、こう毎日忙しくては。すれ違いばかりだ。今度祥子が学会で東京に来る時に必ず。じゃあ、おやすみ。世界一愛している、祥子」

世界一？　じゃあ、世界二、世界三と愛する人いるの、とふざけた文言を並べて祥子は、私も世界一、乱風を愛してる。おやすみ、とメールを送り返した。

院内はひっそりとしている。

倉石祥子は呼吸器を専門とする内科医だ。まだ三十歳。国立〇大学医学部に所属し、普段は大学病院で、診療と研究に励んでいる。

助教の一番下っ端に名を連ねていて、ようやく国から月給と称するものをもらえる国家公務員の身分になったばかりだ。

本務に抵触しない範囲で、週八時間は地域医療への貢献――平たく言えばアルバイト――が許可されている。

以前当直に行っていた安永《やすなが》記念病院では、点滴ルートの使いまわしが発覚し、それに絡んだ殺人事件まで起きて、病院は閉鎖となった。いつの間にか人手に渡り、〇大学との関係も途切れてしまった。

今夜、祥子が当直に来ているのは池杉《いけすぎ》外科内科病院で、院長池杉雄策《ゆうさく》は国立〇大学医学部に外科研鑽の身を置いていたというから、祥子の先輩にも当たるわけだ。

池杉病院はＯ市内中心部からはずいぶん離れた、隣接するＭ市に近いところにある。入院病床は外科内科それぞれ五十床、計百床、二階が外科、三階が内科病棟である。各階中央にナースステーションがあり、東西にのびる長い廊下の一番端に当直室が設けられている。

一階外来には、外科二診、内科二診、救急を受け付ける外来処置室、さらに放射線科や検査部が床を連ねている。日中の外来待合室は、毎日患者で埋まる。四階は少しせばまる形で、三階の上に積みあげられている構造で、院長以外は立入禁止になっている。

院長室のほかに、私用の部屋が並んでいて、元は特別な病室、いわゆるＶＩＰ用の病室だったという噂があるが、昨今ここに患者が入院していたという話は聞かない。

祥子は論文に目を戻した。時計の針が小さな音を規則的に刻んでいる。あれから救急車のサイレンも聞こえない。

いつの間にか、祥子のまぶたが閉じていた。

病院当直医というのは、救急車のピーポー音と、電話の音には格別敏感で、どんなに熟睡していても目が覚めて、血圧が上がり、心拍数も増加、一瞬にして身体と脳が戦闘態勢に入る。

救急外来は時として、まさに戦場ともいうべき様相を呈する。今夜の三つ目の救急車搬送症例は、腎臓結石による激しい痛みの男性で、短時間で診断がついた途端に祥子の気合は治まり、前原看護師を呼ぶ必要もなかった。

座薬と鎮痛剤の注射で疼痛がやわらいだ患者は、疲れが出たのかウトウトとしはじめた。明日結石の位置を確認し、以後の治療法を考えるということで、入院させることになった。

祥子も再びの眠りについている。服のままベッドに身を投げ出して動かない。大きな胸の高まりが二つ、上下に短い振幅を描いていることだけが、生きている証拠だ。

机の上の電話音に、たちまち祥子の目が大きく開いた。

「はい」

答える声が少ししゃがれた。

「先生！ 至急三〇三号室に来てください」

小山看護師の切羽つまった声が耳に響いた。

「前原さんのお母さんが」

えっ、と祥子は受話器をたたきつけるように置くと、ベッドから飛びおりた。走りながら白衣を引っかけた。腕が両方通るころには、もう三〇三号室だ。ドアを蹴るように開けた。途端にアルコール臭が押し寄せてきた。

「どうしたの!?」

前原看護師の姿を見ればわかる。心臓マッサージをしている。怒りを込めた視線が、祥子に突きつけられた。

祥子は、入院時にはなかった心電図モニターがあるのに気づいた。横一線だ。マッサージの力が届いていない。真一直線だ。

「ど、どういうこと」

小山が声を抑えて叫んだ。

「心肺停止です」

ええっ!! 祥子の指が前原園子のまぶたをひろげた。ペンライトの光に大きく散瞳《さんどう》して、対光反射がない。

救急到着当時は、アルコールで深い麻酔がかかっているようなもので、強く縮《しゅく》瞳《どう》していたものが、今は死のサインだ。

点滴は……変わりなく流れ落ちている。尿は……袋にたっぷりの尿、数時間で二リットル以上も出ている。

経過としては順調のはずの患者が、快復するどころか、死の縁をまたいでしまった。

「代わるわ。ステロイドとボスミン、ショットで静注して」

前原看護師は黙って体を引いた。患者の胸が心マッサージの力で赤くなっている。若さを失くした乳房が両脇に垂れ落ちている。

祥子はリズミカルに胸を押した。心電図の基線が、祥子のリズムに合わせて、盛り上がる。しかし、前原園子の心臓は、自分の力で動こうとはしなかった。

あの瞳孔の開き方では、きびしいか……。

「心臓内ボスミン注」

ハイ、と小山が引いてきた救急カートから、注射器と長針を取り出し、ボスミンのアンプルを切った。

「もう、やめてください」

前原さゆりの悲鳴があがった。祥子をにらんでいる。

「もう無理です。やめてください。おかあさんがかわいそうです」

先生、どうします、と小山は右手に注射器、左手にアンプルを持ったまま、宙ぶらりんで止まっている。

「大丈夫って言ったじゃないですか。でも心配で、ずっと見ていたら、急に苦しそうになって」

さゆりの祥子攻撃がつづく。涙は怒りで押し込められて、出てこないのだろう。

「ご、ごめんなさい。まさか、こんなことに」

さすがの祥子も口ごもっている。あまかった……急性アルコール中毒をあまく見すぎた。

心臓も肺も正しく動いていた。血圧は最初は低かったが、すぐに回復して、病室に入ったときには、正常付近まで戻っていた。対光反射もあった。

点滴をつづけ、尿がどんどん出つづけてくれれば、朝までには意識も戻るだろうと考えていた。あまかった。

「お母さん、何か持病とか、ありませんでしたか。何かこれまでに」

「何もありません。しごく健康でした。何もありません」

さゆりは祥子から怒りの目を外さない。切るような声色も変わらない。

「ごめんなさい。とんでもないことに」

「謝ってなんか、ほしくないわ」

「前原さん」

小山が、言い過ぎよというように、さゆりに声をかけたが、無駄だった。

「先生、さんざん私に言ったじゃない。何してるのって。それ、自分のことじゃない。何してるのよ。おかあさん、死んじゃったじゃないですか。先生が殺したようなもんだわ」

祥子に向けていた鋭い視線を、さゆりは病床で冷えていく母親に移した。

「連れて帰ります。私、今日は勤務もこれであがらせてもらいます。かまいませんよね」

挑戦的な目が、今度は小山に向けられた。

「え、ええ、いいわよ、そうしてもらって。当然よね、お母さんが、こんなことになって」

窓に夜明けの光がさしてきた。

祥子はもう一度、もの言わぬ死体に目を戻した。

無意味な点滴が二本、手と足にまだ落ちていた。

小山が死後の処置をしているあいだ、ナースステーションに戻って、死亡診断書に文字を入れていきながら、祥子は何度も唇をかんだ。

祥子にとっては、急性アルコール中毒による死亡症例は初めてだ。

これまでに、泥酔を通り越して意識消失、神経反射極めて微弱という危険な症例も何例かあったが、幸いなことに死亡にまでは至らず、朝には、どの患者も目を開けていたのだ。

前原園子には別の病気が潜んでいたのかもしれない。患者の治療にはまったく役に立たないが、血液検査で何か出るかもしれない。

朝一番で測定にまわせるよう、血液二〇ccは採ってある。祥子は入院時一般指示された血液検査項目に、糖尿病や癌のマーカーの測定依頼を付け加えた。

眠気などまったくなかった。気持ちが重たかった。

病院を出る前に、祥子は前原ゆかりの姿を捜した。母親の遺体と一緒に帰ってしまったようだ。三〇三号室も空っぽだった。

〇市のお隣M市W町のマンションに、前原さゆりは母親と住んでいた。池杉病院から車で二十分ほど走れば、M市北側に連なる山沿いに最近建築された、小ぎれいな四階建てのマンションがある。エレベーターがない。園子の遺体は階段を使って、三階三〇一号室に運び込まれた。

青空と緑がひろがる早朝、住民が起きだす前には部屋に安置されていたから、隣室の住人ですら園子の死を知ったのは、次の日土曜日、マンションの玄関に着いた霊柩車に驚き、三〇一号室から棺《ひつぎ》が出てきて、その後ろを喪服姿の前原さゆりと、もう一人、初老の男性が、表情のない顔で従っていったときだった。

前の晩、通夜に呼ばれた者はいない。

「前原さん、亡くなったの？」

住人の問いかけに、さゆりは小さく腰を折っただけだった。

「前原さん、どうなさったのかしら」

「あまり外には出ておられなかったみたいだけど」

マンションができてまだ数カ月である。近所付き合いといっても短い期間では、隣人どうし誰が誰だかわからないことも、いくらでもある。

「娘さんと一緒にいた、あの男性は」

「さあ。初めて見る人ね」

「前原さん、母一人娘一人じゃなかった?」

「ご主人、じゃないわよね」

「別れて住んでるってこと?」

「まさか、お父さんじゃ」

「そんな歳じゃなかったわよ」

住人の井戸端会議は留まるところを知らない。昨今の政情など口端にものぼらず、芸能界ニュースとファッション、そして物価高騰への文句ばかりだった。

前原園子は、灰と骨になって戻ってきた。独り、さゆりが骨壺を抱いてきた。

出棺のときにいた男性は、見当たらなかった。

焼骨を詰め込んだ白磁の骨壺が、ひっそりと部屋の隅に安置された。

葬儀と火葬のために休んだ前原さゆりは、月曜日には、通常の勤務に入っていた。

「前原さん。お母さん、大変だったんだって」

日勤看護師たちは、口々にさゆりを慰めてきた。

「ご家族、お母さんだけだったんでしょう。あなた一人で、大変だったでしょう」

「いえ、院長先生に、いろいろとお世話いただいて」

「そうよ。院長先生も金曜の朝、病院に出て来られて、真っ先に前原さんのお母さんのこと聞かれて」

「とっても、びっくりされてたわ」

「前原さんのお母さん診たの、当直の倉石先生でしょう。あの先生、キツイからねえ」

さゆりは黙って聞いている。

「熱心なのは、わかるんだけどねえ」

「ミスの一つも許さないって、いつもあの先生の当直のときは、こっちまでピリピリするわ」

「綺麗な顔して、キツイもんねえ」

誰もがそう感じているらしい。

「さゆりさん。倉石先生はともかく、お母さん、本当に残念だったわねえ」

「でも、急性アルコール中毒だなんて」

後ろのほうでした小さな声に、前原看護師はピクリと反応した。普段からアル中、と言われた気がしたのか、顔が歪んだ。

「もう、やめてください。皆さんのお気持ちはありがたいのですが、死んだ人、帰ってきませんし。同情されるのも嫌なんです」

「別に、そういうわけじゃ」

白けた顔で一人二人と看護師たちが、さゆりから遠ざかっていった。

「院長先生に、お礼を言いたいのですが」

「今、外来診察中よ。昼から回診で、上がって来られるわ」

「院長室は四階ですか」

「そうよ。でも四階は院長専用、私宅みたいなもの。誰も立入禁止なのよ」

「そうなんですか」

池杉院長が午後病棟回診に現れたとき、さゆりは真っ先に院長に声をかけた。

院長はさゆりの顔を見て微笑んだ。

「院長先生。母のことでは、家まで来ていただいて、何から何までお世話になりました。母も喜んでいると思います」

「君も入職したてで、お母さんが急にあんなことになって、病院長として私は責任を感じている。滞りなくすんで、よかった」

「本当にありがとうございました」

頭を下げたさゆりに、院長はまた微笑んだ。白髪、年齢相応に小太りの体型、頬にも脂肪が乗って、何とも柔和な表情だ。

「君も一人になってしまったが、なあに、若いから、これからいくらでも、いいことがあるよ。うちの病院、辞めたりしないだろうね」

さゆりは口を閉じている。

「倉石という当直医だったか。お母さんの緊急事態を見逃した」

目を鋭く光らせて、さゆりは大きくうなずいた。

「私、あの先生、嫌いです」

「はっきり言うな。彼女は私と同期のO大学教授、佐治川《さじかわ》先生の推薦だよ。ピカイチよくできると、ベタぼめだった。佐治川も美人には弱いな」

さゆりがにらむと、丸顔の中央に両目が寄り添い、低めの鼻に、顔のバランスがより悪くなる。

「まあ、嫌いなら嫌いで、なるべく彼女の当直には当たらないように、師長、適当に勤務、調整してやってくれ」

「院長先生。それは無理ですよ」

川西《かわにし》師長が、ナースステーションの奥から声を飛ばした。

「いちおう希望は聞きますがね。ですが、好き嫌いまで聞いていたら、看護師の勤務なんか組めません」

前原さゆりは背中で川西の声を聴いている。顔のバランスがさらに崩れた。

「ま、仲良くやってくれ」

時間を食ってしまった、回診をはじめるぞと、師長を待たず池杉院長は、さっさとナースステーションをあとにした。

あわてて院長を追った川西師長は、横を通り過ぎるときに、前原さゆりにチラッと視線を飛ばしたが、さゆりの目力に弾き返された。

03

前原さゆりが池杉院長に、倉石先生は嫌いだと宣言したその日、〇大学呼吸器内科の症例検討会が、夕方五時からはじまっていた。

全員が顔をそろえるのに最適の時間は、一週間のうちで、この時間帯以外にはない。

五時といっても、診察やら、病棟担当患者回診、さらには研究と、なかなか足並みがそろわない。

祥子は二年近く、病原体研究所に研究員として派遣されたあと、海外留学を予定していたのだが、佐治川教授から、

「留学は、もう少し先だ。ひとまず助教として、帰ってきてくれ」

と、医局に呼び戻されていた。

研究所時代、ちょうど二年前は「新型インフルエンザ」騒動で、日本国じゅうが毎日インフルエンザ関係の報道だらけで、恐怖と混乱、そしてワクチンに翻弄

されていた。

そのあいだに、二十五年前の新三種混合ワクチンＭＭＲの大災禍に端を発した殺人事件が、祥子の勤務する病原体研究所を中心に起こっていたのだ。ＭＭＲワクチンの副作用で重い脳神経系障害に苦しむ被害者への償いという殺人の真相、犯人の思いを知ったとき、祥子は流れ落ちる涙を止めることができなかった。あらためて、医療の厳しさ難しさを知った祥子だった。

そして心を引き締めて、臨床医として戻ってきたのに……。

何たる失敗。

祥子は、前原園子を急性アルコール中毒で死なせてしまったことを、まだ悔やんでいる。悔やみつづけて、週明け月曜日の症例検討会に臨んでいる。

佐治川が時どき視線を飛ばしてくるのが、今の祥子には、かえってわずらわしい。

次々と行われる新入院患者、病棟入院患者の紹介と問題点の提示検討、治療方針の決定など、症例検討会はいつもと変わらない光景だ。

祥子の現在の受け持ちは三人である。佐治川教授を筆頭に総勢五十名。病床は五十床。教授以下、准教授、講師、そして助教のほとんどは入院患者の主治医とはならず、指導の立場に着く。残る医師三十余名が一名から三名の患者担当に割り振られる。

祥子の三例は、いずれも肺癌の患者だった。癌の再発で、抗癌剤による治療をつづけているが、効いたかと思えば、また悪魔の癌細胞はところを変えて、自己主張してくる。同じことの繰り返しで、いつか死を迎える。

昼の病棟では、蒲田看護師が傷テープだけになった肘を上げて、微笑みながら祥子に頭を下げてきたが、いつになく祥子はいらいらした。

今も何度も唇をかみながらの症例検討会である。

今日の祥子には、格別に「急死」が重くのしかかっている。

どれほどの酒飲みだったのかは知らないが、前原さゆりの母親はまだ五十歳だ。他にどこも悪くないとすれば、まだまだ人生を楽しめる年齢である。

みんなの前で症例の経過を説明しながら、カルテの隙間に前原園子の顔が、さらにそれを押しのけて、前原さゆりの顔が浮かんでくる。

教授から治療と検査の指示が出た。祥子は頭を下げると三冊のカルテを抱えて自席に戻る。何人かの目と、教授の目が祥子の姿を追ってきたのを感じた。

症例検討会が終わるころには、外に陽の光はなかった。民家の窓明かりだけが、ポツポツと見えるだけだ。祥子の目には、いつになく侘《わび》しい灯に映った。

進行を務めた医局長の終了宣言に、医師たちは一斉に立ち上がった。ほとんどの医師がカルテを抱えて、病棟に戻っていく。

佐治川が祥子に近づいてきた。

「倉石くん。あとで教授室に来てくれるかな」

祥子のみならず、まわりにいた医師たちが、何事かという顔つきだ。

「はい」

祥子は時計を見た。七時三十分を過ぎている。

「今日は珍しく予定がない。病棟の仕事をすませたら、寄ってくれないか」

「わかりました。すぐに伺います」

三十分後、祥子は佐治川の教授室にいた。

以前のような、ミニスカートから健康美脚ニョッキリという姿はない。乱風と付き合いだしてから、刺激的な服装は避けている。何しろ、男性の好色な視線は、ところかまわずまとわりついてくる。

「何かあったのか、祥子くん」

佐治川は時どき、この女医を下の名前で呼ぶ。自分が三十歳若ければ、必ず言い寄っていた、と佐治川は祥子の美形に自らの感情を否定しない。

乱風のやつ、この教授室で祥子に出会って、本当にラッキーな男だ、と今度は岩谷乱風刑事に嫉妬する。

佐治川も、まだまだ気持ちは若い大教授である。祥子は唇をかんで、うつむいた。

「乱風くんとケンカでもしたか」

「あ。いいえ」

祥子は慌てて顔をあげて、手を振った。

「今日の症例検討会で、君は一度も笑わなかった」

「笑うような場ではありません。先生」

「いや。もちろんそうだが、時にはくだけた話もある。君だって、いつもは笑うじゃないか」

答えず祥子は、真顔を佐治川に向けたままだ。

「どうしたんだ、本当に。将来、君たちの結婚の仲人をやる気でいる私としては、気になるじゃないか」

佐治川はあくまで祥子と乱風の仲にこだわっている。

「診断ミス、したんです」

「何？　何だって、診断ミス？　そんな症例、あったか？　外来でか」

助教になってから、祥子は週一回水曜日の外来診察担当になっている。午前九時から正午までで、新米外来担当、患者は少ない、かと思えば大まちがい。一人三分の診察を強いられることもある、予約制にもかかわらず、だ。

「いいえ。当直先の池杉病院です」

「何をやらかしたんだ。池杉には祥子くんのことは、充分に推薦しておいたぞ」

「先週の木曜日です。急性アルコール中毒の患者です」

「アルコール中毒？　どうミスったんだ」

「搬送時、意識レベルが三〇〇でした。ですが、ヴァイタルは落ち着いていたので、点滴と利尿剤で治療したのですが。判断があまかった」

「どうなったんだ」

「亡くなったんです。次の日の朝」

「死んだ……うーん、そいつは」

急性アルコール中毒が時に死に至ることは、誰でも知っている。医師として適切な処置をしなかったとすれば、あまりにも初歩的なミスだ。

「意識レベル三〇〇はまずかったな。昏睡だ」

「私の責任です。しかも、患者さん、その日の当直ナースの母親だったんです」

祥子の耳に突き刺さった前原看護師の責任を問う声が、また戻ってきた。

「入院させて治療をつづけました。途中のヴァイタルは正常に戻ってきていましたし、利尿も十分についていました。何も問題ないと思っていたのですが」

「他に持病でもあったんじゃないか。何か健康上の問題は？」

「わかりません。私もそう思ったのですが、診察したところでは、何も」

「血液は」

「その時は測れませんでした。採血しましたから、検体は検査にまわっているはずです。あの場では、何もわかりませんでした」

佐治川は祥子の顔を見ながら、しばらく考えていた。いつもならば、佐治川を見返してくるキラキラ光る祥子の目が、今日は伏せたきりだ。

よほど祥子にとって、ショックな死だったのだろう。

目を伏せたまま、じっと身を固めている祥子に、佐治川はしばらく声をかけなかった。下手に慰めの言葉をかけても、この医療に一心な女医には無意味である。

席から立ち上がった佐治川は白衣を脱いで、ゆっくりと帰り支度をはじめた。

「君が毎日、一所懸命なのは、この私がよく知っている。亡くなった方には気の毒だが、かと言って、二十四時間、横について、看ているわけにもいかない」

付き添っていた娘は、心配で胸がつぶれそうだっただろう。母親の急変に気がついて、仰天したに違いない。すぐにナースステーションに知らせて、助けを求めた。そして、小山看護師から祥子に電話が入った。

駆けつけて蘇生処置をしても、患者はまったく反応しなかった。血液中のアルコールで全脳全神経が強く麻痺し、機能が停止してしまったのだ。

いかなる蘇生も効くはずがない状態であった。深い深い麻酔から、そのまま暗黒の死の世界へ、一気に突入していった。

途中、血圧や呼吸がいったん正常に戻り、尿も十分に流出して、体内のアルコールは徐々に減っていったはずなのに……。

「あの処置でだめなら、どうしたらよかったのでしょうか」

祥子は顔を上げて、スーツに腕を通した佐治川に訊いた。

「うーん。私が現場にいたわけではないから、何とも言えないが、君の治療が間違っていたとは思えない。体内からアルコールを洗い流すしかないからな。特効薬や解毒剤なんかない。私はやはり患者さんに、もともと何かあったんだと思うよ」

「娘さんは、母親の持病を否定しました」

「まだ発病とまではいかないが、潜在した病気だ。そうなると、今回のような救急だったら仕方がないよ。どうしようもない」

佐治川はカバンを取った。

「まあ、あまり深刻になるな。医者も万能じゃないよ」

祥子は静かに立ち上がった。

「どうだ。そのうち一杯付き合わないか。私もこのごろは、学会にでも出ない限り、なかなか飲みには行かないからな。乱風くん、近々出てこないのか。よかったら三人で」

「このところ逢ってないんです」

「そりゃ、いかんなあ」

「電話かメールのやりとりは、毎日しているんですけど」

「彼も刑事だ。暇なはずもないか」

「病気や事件など少ないほうが世の中、平和なんでしょうけどね」

祥子は寂しそうに微笑んだ。

「まあ、君だけでもいい。どうだ、今日は」

佐治川は時計に目をやった。

「今日は、もう遅いか。水曜なら、私は夜は空いている。うん、明後日にしよう。七時の待ち合わせでどうだ」

佐治川は、時どき顔を出すという、最寄の駅裏の店を祥子に告げた。

04

水曜日は、祥子の外来担当日である。巨大外来診察棟、二十の診察室がずらりと並び、前の廊下は中待合《なかまちあい》を貫いて、長椅子がビッシリと配置されている。どこまでも病院がつづく錯覚に陥りそうである。

なかなかの壮観だ。

研究所から病院に復帰した祥子が外来診察を命じられた初めての水曜日、この長い外来診察棟に足を踏み入れたときには、これまでと違った感覚だった。自然と身が引き締まるのを感じた。

研修医時代、教授や准教授の診察に密着して、カルテ記載をすると同時に、大先輩たちの診察現場を厳しく学ばされた。

時には診察中に質問が飛んでくる。きちんと答えることができればよし、そうでなければ、患者の前でたっぷりと恥をかくことになる。

何もかも、学ぶことばかりである。よく勉強していて、逆に教授たちに難しい質問を返す医師がいる。

まだまだ未知の部分がたっぷりある人間という生物。正しく急所を突く質問ならば、研究熱心な上司からは歓迎されるのだが、たまにヘソを曲げる者もいるから、気をつけなければならない。

勉強不足の質問をしようものなら、ギロリとにらまれるだけで、これは質問者の敗北ということになる。

診察最初の水曜日、今日からは一人で外来患者を捌《さば》かなければならない。誰も助けてくれない。自らの判断で、患者の状態を見抜かなければならない。

一日目は、以前祥子が病棟で受け持った患者数名と、新しい患者三名だけだった。午前中三時間の診察時間は、手持ち無沙汰で、何もすることがない。

左右の診察室からは、患者が入れ替わり立ち替わり出入りし、外来廊下に次々と名を呼ぶマイクの音が響いている。

空いた時間がもったいないので、二回目の次の週、祥子は研究論文を持ち込んで読むことにした。そうなると皮肉なもので、ひと月もすると手のすいた時間がなくなった。初診再診で予約時間が隙間なく埋まってしまった。

三カ月後には、予約時間など形式だけのものになり、息つく暇もなく、診察終了時間の正午を過ぎても、まだ何冊もカルテが残っていた。

外来の混雑は、それ以来ずっとつづいている。

祥子は今日もまだ、前原園子のことが頭から離れない。

三十三間堂《さんじゅうさんげんどう》のごとき外来診察棟にひしめく患者の向こうの先まで見通して、ピシッと背筋を伸ばし、キリッと眉を上げ、祥子は自身の診察室第六診に入っていった。

患者たちの目が祥子の白衣を追っていた。

「神山烈火《こうやまれっか》さん。六診にどうぞ」

マイクの声が終わらないうちに、診察室のドアが大きな音をたてて開いて、うすいサングラスをかけた日焼けした男性が入ってきた。

これでも抑えているのだろうが、なかなかに派手な身なりの女性が、後ろにつづいた。

神山烈火は、以前祥子が安永記念病院で当直のときに診た患者である。突然腰痛で動けなくなった。ぎっくり腰で、こちらは入院安静で完治したのだが、そのときに撮った胸部レントゲンで、左肺に小さな腫瘤陰影が見つかった。

初期の肺癌だった。

〇大学病院で手術し、以後定期的に祥子の外来診察に通っている。

わずかな陰影を見逃さなかった祥子を、神山烈火夫妻は神とも仏とも崇めていた。

「先生。予約時間、一時間も過ぎてるやないか」

男性は診察椅子にドカリと尻を落とすなり、祥子に声を飛ばした。顔は笑っている。サングラスはすでに男の胸ポケットに収まっていて、左手首に腕時計がキラキラ光る。いつも違う時計で、高そう、と祥子は値踏みする。

「ホンマに先生、人気あるなあ。外にいる患者、全部先生の患者とちゃいますのか」

神山烈火の後ろに立つ妻蘭子《らんこ》も、少々呆れた声を出した。

「これでも必死でやっているんです」

「ホンマ、休む間もなしや」

「あんた、早よ脱ぎなはれ」

蘭子の一声に、あわてて上半身裸になった烈火の生来の皮膚は、首まわりと手しか見えない、見事な刺青である。

「いかがですか。特に変わりはありませんか」と訊くと「ありまへん」と即答が返ってきた。祥子はカルテに「著変なし」と記載した。

目を診《み》、首に手を沿わせてリンパ節の触診をするとき、烈火は気持ちよさそうにトロンとした目になった。

「はい。大きく呼吸して」

スーハースーハー。祥子の聴診器が、烈火の刺青の上をあちらこちらに移動する。

呼吸音、異常なし。左胸背部に聴き取れる捻髪音《ねんぱつおん》は、手術痕に生じる音である。いつもと変わりない。

烈火の肺を切除した周辺は、特に注意を集中して診察した。

刺青の図柄を考えて施行された、胸腔鏡による左肺下葉区域切除術である。どこにも絵を乱す傷痕は見えない。

「服をどうぞ」

烈火が着衣を整えているあいだに、祥子は診察所見をカルテに記載した。

顔を上げると、烈火と蘭子がじっと祥子を見つめている。

「じゃあ、今日は定期検査、胸のＣＴと血液検査をやりましょう」

うなずいた二人は、コンピュータに向かって検査をオーダーしている祥子を、やはりじっと見ている。

「では、放射線科でCTの予約をしてください。あと血液、中央検査部で」

祥子の声が中断された。

「先生。どないか、しはりましたか」

「え」

「べっぴんさんが、そんな顔してたら、気になってしゃあないやないか。なあ、蘭子」

「ホンマに」

蘭子が烈火の横に足を踏み出した。

祥子は自分の顔に意識を戻した。普段のままのつもりなのに……。

「どないかしはったん、祥子先生」

「乱風さんと、何かあったんか」

「いいえ、そんなこと」

祥子は手を振った。烈火が覗き込んでくる。

「先生には、わしも、こいつも、命を助けてもろた。大恩人や。乱風さんにもや」

蘭子が大きくうなずいた。祥子は烈火の妻に目を向けた。

「こちらこそ、お二人には助けてもらいました」

『死の点滴』事件。

今は人手に渡ってしまった安永記念病院での最後の大捕物が、たちまち祥子の脳裏に蘇ってきた。

烈火と蘭子の息の合った、陰ながらの助けがあったからこその事件解決だった。

「ホンマに、喧嘩でもしはったんとちゃうんかいな」

「そうですで。お二人には、ちゃんと一緒になってもらわんと。うちらみたいに、いつまでも仲ように」

蘭子は少し皮肉っぽく、斜め下の烈火に目線を飛ばした。

居心地悪そうに尻をゴソゴソと動かした烈火は、ゴホンと喉をぬぐっている。

「どないしはったん。気になって、このまま帰れまへんやないか」

「いいえ。ホントに何でもないんです」

「そんなことない」

烈火は意外にしつこい。

「患者さん、まだたっぷりと待ってはるんやろ」

カルテの山に烈火の目が移り、祥子を促している。

「はよ、白状しなはれ」

白状しなはれと言われて、祥子はプッとふき出してしまった。急にどこかが軽くなった気がした。

「もう。お二人にかかっちゃ」

「そりゃ、当たり前や。わしらの娘みたいなもんやさかい」

「当直で診た患者さんが亡くなったんです」

長い時間は取れない。祥子は三十秒で説明した。

「アル中のオバハンか。それ、自業自得やろ」

「でも、私は問題なく回復すると思ったんです」

疑り深そうな烈火の目が、うつむきかげんの祥子の目をつかまえようと、動きまわっている。

祥子の顔があがると、烈火はそのまま視線を合わせてきた。

「先生。先生は自分の診断に、自信持てまへんのか」

「えっ?」

「わしの、あの小さな肺癌を見つけてくれはったお人や。あんなもん、他の医者やったら、まちがいのう見逃しとる」

「そんなこと……」

「それに、自分の診察に自信も持てんような医者に、わしは診てもろとるつもりはないで」

「…………」

蘭子が大きくうなずくのが、祥子の視野に入っている。

「先生がそう診断したんや。そりゃ、死んだオバハンのほうに、何か問題あったんやろ。何かなかったんかいな」

祥子は首を振って、時計に目をやった。

「神山さん。この話は、もうこれで。あと、診察ありますから」

「フン……」

ジロジロと目玉を祥子の目の中で動かしていた烈火は、立ち上がりながら尋ねてきた。

「先生。それ、どこの病院や」

「どうするんです」

「どうせまた、安永みたいに、胡散臭《うさんくさ》い病院とちゃうんか。いっちょう――」

「ちょ、ちょっと、神山さん」

「調べてみたる。変なとこないか。どこや、その病院」

「いいんです。佐治川教授のご紹介で、当直に行っているんです。変な病院じゃありません」

「教授なんか、どうでもええ。どこの病院や」

祥子はいよいよ次の患者が気になってきた。病院の名前を言わなければ、神山烈火はひき下がりそうにもない。

蘭子まで、烈火が諦めても私は聞くというように、烈火の後ろで足を踏ん張っている。

「池杉病院です」

「どこにあるんや」

祥子は住所を言った。

「よっしゃ。まかしとき」

「あの……」

「わかってるがな。先生らには迷惑かからへんよう、そっと調べるだけや」

二人は何かささやきながら、足音だけはドタドタと、診察室を出て行った。

長く待たされた次の患者がぶら下げたふくれっ面に、祥子は「すみません。お待たせしてしまって」と謝らねばならなかった。

さあ診察を、と気を取り直して患者に向きなおったとき、外で大きな音がした。ドアが蹴りとばされるように開いた。烈火の声が突き通ってきた。

「先生。倉石先生。次の診察予約、忘れとった」

何度謝ったか、目の前の患者の診察がはじまるころには、祥子は疲れ果ててしまっていた。

05

二時間たっぷりと超過して外来診察を終了した祥子は、職員食堂に移動して、遅い昼食を摂《と》っている。

前原園子の死が、再びよみがえってきた。神山烈火が勢いよく調べてみてやると吼《ほ》えたが、祥子は何も期待していない。

当直に週一晩行っているだけだから、病院の実情はほとんどわからなかったが、たとえ夜の短い十二時間だけだとしても、普段の診察の延長である。

看護師たちは熱心だし、あまり顔を合わさないが、外科系当直医も同じＯ大学第三外科から派遣されている医師だった。

夜の外来病棟の雰囲気に、何も怪しいところは感じていない。

病院経営については、もちろん祥子のタッチする問題ではなかったが、佐治川からは同輩の運営する優良病院と紹介されている。

夜の当直しか入らないから、祥子自身は院長の池杉雄策に会ったことはない。

一度、病棟でチラッと姿を見かけたのだが、挨拶する間もなく、院長はエレベーターで上にあがっていってしまった。

明日、当直に行ったら、前原園子の血液データを見てみようと考えたとき、祥子に挑戦的な冷たい目を向けた、前原さゆり看護師の顔が浮かんできた。

もう勤務に戻っているだろう。あまりハチ合わせしたくないな……。

いつもの祥子に似合わず、ずいぶん弱気だ。箸の進み方がゆっくりとしている。

もう一人、患者を思い出した。前原園子の前に運ばれてきた硬膜外血腫の女性である。CT画像で診断をつけて、近藤脳神経外科に再度救急搬送した患者だった。

緊急オペをすると言っていたが、無事手術はすんだのだろうか。

ひったくりに遭って、倒れたときに頭部を強打し、できた血腫が脳を圧迫したのが原因で呼吸抑制が起こり、心拍も徐々に落ちていった危険な状態だった。

あの症例も、診断もつかないうちに救急車を返してしまって、再び呼ぶ羽目になった。

格段に迅速な対応を要する患者なのに、無駄な時間をとってしまった。まかり間違えば、生命を脅かすことになりかねなかった。

まさか、とは思うが、救命されていることを祥子は願った。

前原看護師にも責められた。看護師で、医師に向かってあれほど言ってくる者は、まずいない。

患者の名前はわかったのだろうか。所持品は何もなかった。

一週間が経っている。家族がいれば、当然捜すだろうから、身元は判明しているだろう。

病棟で出会った蒲田看護師とは、短い時間言葉を交わす機会があった。

「君が来る少し前、ひったくりで頭を打った六十くらいの女性が救急搬送されてきたのよ。硬膜外血腫で、近くの脳外科に送ったんだけど、蒲田くんが見た女性かしらね」

「時間的にも、そうかもしれませんね。先生が診察されたんですね。硬膜外血腫ですか。大丈夫ですかね」

「事情聴取されたんでしょ。その後、警察からは何か言ってきた？」

「いいえ何も」

ひったくり犯は捕まったのだろうか……。

最後に汁をすすると、祥子は箸を置いた。今夜は佐治川教授との約束がある。

忙しい教授のことだ。業務が発生すれば約束もキャンセルとなるのだろうが、今のところ何の連絡もない。

エレベーターの中で乗り合わせた顔見知りの医師たちの話しかけにも、祥子は元気がなかった。

病棟で回診した患者でさえ、いつもの溌剌《はつらつ》とした祥子ではない女医に遠慮したのか、口数が少ない。診療の問いかけにも、探るような目つきで、多くを返してこなかった。

医局の自席に戻って文献を開いても、目が何度も同じところを行ったり来たりしているだけで、まったく頭に入らなかった。

のれんの先にぶら下がる赤提灯に、太書きされた「かつ天」の黒い文字が、夜の闇にほんのりと浮かんでいる。

佐治川が指定した、こんなところにこんなお店が、とびっくりするような、駅を少し裏手に入った、串カツ専門の店だった。

開ければ必ずガタピシと鳴る入り口のガラス戸は、年季が入っている。割れたガラスを貼りつなぐ丸いテープの列が、意外に新鮮な模様に見える。

何年つづく店なのか、創業以来の油が染み付いているようで、鼻のなかにまで沁み込んでくる。

佐治川は先に来ていた。祥子が入っていくと、いらっしゃい、の声のあとに、何人かいた先客が一斉に感嘆のうなり声をあげた。

「あ、先生。お待たせしましたか」

えっ、と今度は佐治川に視線が集中する。羨望のまなざしだ。佐治川は気分をよくして、ニコニコ顔である。

「いや。私も今、来たところだ」

カウンターに座っている佐治川の前には、ばらけたオシボリと、水の入ったコップだけが載っている。

祥子は、ここへ、と佐治川が指差す椅子に、失礼しますと腰を下ろした。長い脚にハイヒール。油汚れを気にする祥子ではない。

「何にする。ビールでももらうか。祥子くんは」

こちらは私の内科で助教をやっている倉石祥子先生、と先に亭主に紹介した。そうでもしなければ、ビールも出てくるかどうかわからない。

「佐治川先生。隅に置けませんねえ、こんな美人」

「こちらのご亭主と奥さんだ」

祥子は二人に頭を下げた。佐治川が耳にささやいた。

「ご亭主は、私の患者さんで、肺癌《ルンクレ》だった。もう完治したけどね」

祥子は目を大きくした。

「いやあ、佐治川先生。こんな美人先生、いるならいるで、そう言ってくださいよ。病気になるんなら、もうちと、ゆっくりなれと言いつけたのに」

亭主は病気だったことを自白した。横から即座に女将さんの怒鳴り声がつづいた。

「何、言うてますねん、あんた。他の医者でただの風邪、次の医者では肺炎って言われたのが、咳止まらなくて、佐治川先生に診てもろたら、肺癌やったんやないの」

女将も亭主の病気を客に暴露してしまった。

「外科でオペした。あとは私が診ている。もう十年になるか」

「十一年目に入りました。先生に助けてもらいましたよ」

ビールが出てきた。

グラスをカチリと合わせて、口に運び、ゴクリ、ゴクゴクと喉を鳴らした佐治川に、亭主が声をかけた。

「先生、今日は美人女医とデートですかい」

「そのとおり。私も若さを保つために、たまには若い美人とデートせんとな」

普段の佐治川からは思いもかけない言葉に、祥子はまた大きな目を見開いた。

「それそれ、その目。男にはたまらないんだよねえ」

「先生……」

「親父さん。串カツ、ワンコース。今日は私も食うぞ」

「佐治川先生。こちらの美人先生」

「倉石先生だ」

「私は美人先生と呼ばせてもらいますぜ。スタイル抜群だ。この細身で、うちのワンコース、食べ切れますかね」

佐治川は祥子に同意を求めた。

「君はよく食うよな。聞いているよ。大食いだ。それでこのスタイルだなんて、若さはいいねえ。私なんかワンコース食ったら、三キロは太る」

と言いながら、佐治川は早速、最初に出てきた三本を、次々と口に放り込んだ。

「うまい。亭主、腕は落ちとらんな」

「当ったり前でさあ、先生。ワシからこれを取ったら、もう生きておれませんや」

「ほれ。祥子くんも食べてみろ。天下一品だ。美味いぞ」

「いただきます」

祥子は一口頬張って、涙が出そうになった。

何とも言えない香りが口のなかにひろがった。佐治川の心遣いにぴったりの味だった。

「おいしいです」

佐治川は、祥子の目尻にわずかな涙の粒を認めたが、何も言わなかった。そしてまた、耳に口を近づけて、ささやいた。

「つらいときは、うまいものを腹いっぱい食うに限る。私はいつもここに来るんだ」

祥子はまじまじと佐治川を見ている。

次の串に手を伸ばした佐治川は、モグモグやりながらつづけた。

「自分が患者さんのお役に立てたと思えるときが、一番うれしいな。私がここに来るのも、もちろん、ここの串カツがうまいからなんだが、このご亭主と女将さんの元気に笑う顔を見られるのが楽しみなんだ」

まだ祥子は佐治川を見ている。亭主の声が降ってきた。

「美人先生。串、冷めちゃうよ。どうやら先生は、佐治川先生のほうが気になるらしい。先生を串カツにして差し上げましょうか」

「あ、いいえ、そんな……」

祥子は串に手を伸ばした。患者さんの役に立てたときが一番うれしい。私は役に立たなかった。でも……。

祥子の気持ちを見抜いたかのように——いや、最初から佐治川はわかっている。佐治川にもいくつか苦い経験の覚えがある。あるからこそ、余計に自分を奮い立たせ、より一層患者のためにと気を引き締めるのだ。

「失敗は少ないほうがいいに決まっている。もちろん、ないほうがいい。しかし、失敗しない人間なんていない。月並みな言い方だが、失敗するから人間なんだ。失敗するから、成長するんだ」

「はい……」

モグモグの合間につづく佐治川の声に耳を傾けながら、祥子の手も次々と串に伸びる。串カツの味が次第に全身に沁みわたってくるようで、何だか気持ちが軽くなってきた。

「祥子くんが行っている池杉病院な」

油の音が耳に心地よい。まだまだ串カツはつづいて出てくる。

「院長の池杉雄策は私と同期なんだが、彼、婿として池杉家に入ったんだ。もとは広瀬《ひろせ》雄策というんだ」

急に話題が池杉病院に変わって、串に伸ばした祥子の手が止まった。

「彼もな」

今日、三度目の耳もとでのささやきだ。

佐治川の顔が少し赤くなっているのはアルコールのせいか……。

「ミスをやらかしたんだ。それで、池杉家の一人娘時枝《ときえ》さんと結婚したんだよ」

祥子には話が見えない。佐治川は一本串を口に運んだ。

「抗癌剤の投与ミスだ。相手は池杉時枝の母親だ」

佐治川はささやいている。祥子も大きな声は出せない。驚きはカツと一緒に噛み砕いている。

「先代の池杉病院長、池杉幸造《こうぞう》先生の奥さん——万里《まり》さんと言うんだが、胃癌でね。うちの大学で手術した。病棟主治医が広瀬だった。術後の抗癌剤投与のとき、分量をまちがえたらしい。もう、かれこれ二十五年になるかな」

串カツがトレイの上に休んでいる。

「万里さんは死亡した。詳しいことは知らないが、母親の死とは別に、時枝さんが広瀬にぞっこんだったらしい。池杉幸造院長からも、いろいろと言ってきたようだ。広瀬の償いの気持ちもあったのかもしれない。広瀬は一人娘の時枝さんと結婚して、池杉姓を名乗り、病院も幸造先生が亡くなったあと、院長として引き継いだのだ」

「そうだったのですか」

「広瀬は研究熱心だった。大学で研究をつづけるつもりだったし、よくできた。早くから、将来の教授候補の一人との噂もあった。ちょっとしたつまずきで、将来の道が断たれてしまった」

祥子と佐治川は元の位置に離れた。

「先生たち。なんや二人、ひっついて、コソコソと。あやしいなあ」

大学医学部教授と美人女医の組み合わせに、他の客たちも興味津々だ。しばしば二人の間隔がせばまり、美しき女医の目は時に大きく、時に潤み、それでなくとも惹きつけられるのに、何という色っぽさだろう。

彼らの串の注文が進まない。亭主も手を休めている。

「お子様はいらっしゃらないのですか」

「うん。夫人の時枝さんが病気がちということでね。だから外に出ることも、めったにないらしい」

「じゃあ、病院のほうは？」

「後継ぎがない状態だ。どうなることか」

「池杉病院は、前の病院のような妙なこともありませんし」

ウム、と佐治川は口を閉じた。

安永記念病院からは〇大学に多額の寄付金があった。教授選に絡んで巨額の金が動いてもいたらしい。教授選には佐治川の部下の准教授が立候補していたから、佐治川も巻き込まれて、水面下で何かと忙しかった。

そのことを知ってか、知らずか、祥子は安永病院のことにはそれ以上触れず、池杉病院に話題を戻した。

「地域の人も頼りにしているようですし、そうですか、後継ぎがいらっしゃらないのですか」

「どちらかの家系の子どもと養子縁組でもして、医者を継ぐ者がいればと思うが、その辺の事情はよく知らない」

「今の院長の代で終わったら、もったいないですねえ」

「病院もそうだが、池杉家はM市の山林など、大きな不動産を持っていて、地域でも指折りの資産家と聞いている」

「へえ。そうなんですか」

「相続する人がないと、全部どこかに持っていかれるんじゃないか」

亭主が割り込んできた。

「そりゃ、先生。血縁親族三親等でしたか、その辺まで分けてもらえるっちゅうことらしいですよ」

「よく知ってるな」

「このあいだいらしたお客さん。突然遺産が入ったって、それは大はしゃぎでしたよ。何でも、ほとんど会ったこともない誰だかの甥たら姪たらで、財産分与があったそうで。うらやましいこった」

急性アルコール中毒患者の話は出なかった。

自分の血中アルコール濃度が高くなった祥子は、佐治川の気づかいもありがたかった。宙を飛ぶ気分だ。

名残り惜しそうな亭主にさよならしたのも、また是非どうぞという声もうろ覚えだった。車は病院の駐車場に置いたままだ。

タクシーで、マンションの部屋に帰り着いた祥子は、乱風へのおやすみメールを何とか送って、服も脱がずベッドに倒れこんだまま、たちまちのうちに深い眠りに落ち込んでいった。

06

失敗を糧《かて》に自らを高めなければ、死んだ人に申し訳が立たない。心を決めて車から降りた祥子は、夜七時前、池杉病院の職員通用門をくぐった。

佐治川教授はタフそのもので、朝、回診をすませたあとは、東京に出張してしまった。

酔いが残っているというわけではなかったが、車を大学に置いていたから、いつもの調子で起きて身支度をし、マンションの駐車場に行って、車のことを思い出した。

大急ぎで電車に飛び乗り、教授回診に何とか間に合うというありさまだ。目が合った佐治川は柔和な光を送ってきたが、祥子のほうが目を伏せてしまった。

昨晩の礼を言う暇もなく、佐治川は出かけてしまったということだ。

この馬力がなくては、教授は務まらない。

木曜日、祥子の担当は気管支内視鏡検査なのだが、珍しく検査予約症例が入っていなかった。

教授と飲んで、ずいぶん気が晴れたのに、何かに集中していないと、すぐに池杉病院の当直に頭が行ってしまう。

これで内視鏡検査に時間を費やすことができればと思っても、こういうときに限って空いている。

医局には何人かが自席にいたが、それぞれ研究のデータ整理や論文作成に忙しい。祥子に話しかけてくる者もいない。

医学書で調べても、インターネットで検索しても、急性アルコール中毒の治療は輸液と利尿で、体内からアルコールを洗い流す以外にない、解毒剤、特効薬などはないと、祥子の知識を確認するだけにとどまっていた。

前原園子は、尿は順調に出ていた。手と足の二つのルートから、どんどん輸液を点滴し、利尿剤を投与したから、通常の倍、三倍、いやそれ以上の速度で尿が出ている。

血中のアルコール濃度はまちがいなく減少の一途をたどっていたはずだ。それが証拠に、血圧も呼吸も正常近くにまで復していた。

にもかかわらず、どうして心肺停止になったのか。

祥子が駆けつけたときには、心電図は横一線だった。心筋梗塞でも起これば、即心停止ということもあるだろうが、一直線の心電図では何もわからない。脳梗塞かと思っても、アルコールが入っておれば、血液はむしろ固まらなくなる。

出血？　脳内出血ならば、急死の説明はつく。しかし、CTも撮っていなかったから、出血かどうかの判断もできない。死して動かない状態で、死の直前に脳出血の症状が出ていたかどうか、過去に戻りでもしなければ、わかるはずもない。

ふと、何かが祥子の神経に引っかかった。

何？　何なの？　初めての違和感だった。

どこかで、何かが、いつもと違っていた……のか。

自らの脳に自らが問いかけている。わからない……。

しっかりと患者を看ていなかった、大丈夫と診断を下し、安心していた自分のミスを、何とか否定したいのか、祥子。逃げたいのか、祥子。

いや、そんなつもりは毛頭ない。失敗は失敗だ。ミスはミスだ。

大学を出て、当直に向かう車の中でも考えつづけた祥子は、池杉病院に着くころには、心静かに死者に教えを乞う気持ちになっていた。まだ何かを追い求めて騒いでいた脳細胞が、いつの間にか鎮められていた。

おとなしくしていた細胞たちが、一気に沸騰、活動しだしたのは、まっ先に取り出した前原園子の死亡カルテに貼付してある血液検査データを見た瞬間からだった。


「何、これ？」

祥子は思わず口に出していた。

極めて強い貧血だった。赤血球もヘモグロビンも、異常に低い数字になっている。

生化学データもバラバラだ。まさに身体がバラバラに破壊されたような印象を受ける。

ここまでひどいと、生きてはおれない。

「溶血しています」とデータ用紙に印字があった。

血球が溶けている、特に赤血球が大半つぶれている、急性アルコール中毒にはよく見られる血液所見だが……。

「これほどまでに、血球が壊れるなんて」

祥子にとって、初めての経験だった。

「前原さん。何を飲んだの」

病室に駆け込んだときの強いアルコール臭は患者の呼気から出たもの以外にない。今から思えば、ひどく臭っていた。

救急隊に運び込まれたとき、呼気に鼻を寄せて、祥子はアルコール臭を確認している。たしかに強く臭った。まちがいなく、急性アルコール中毒だった。

急性アルコール中毒は、飲める者でも失敗することがあるから、前原園子の飲酒歴はこの際あまり重要ではなく、一気にあおったのだろうと祥子は思っていた。

「それにしても、この赤血球の減り方は何なの」

溶血しても、ここまでひどい貧血にはならない。それに、肝酵素、腎機能、その他もろもろの検査値が正常域を逸脱して、思いのほか乱高下している。

「こんな血液データ、見たことがない。ちょっと理解に苦しむ」

何か変だ。何かが隠れているのではないか？

「やっぱりアルコール？　意識状態は昏睡にまで行っていた。アルコールの血中濃度がピークのときに、血球が一気に壊れたのか。それならば、途中、ヴァイタルが回復していくはずもない。おかしい。おかしいわ」

前原園子から採血したのは、あの夜の当直看護師だった小山だ。彼女は今夜も当直に入っている。

相棒は前原さゆりではなく、別の看護師だった。

「小山さん。先週、前原園子さんから採血したの、あなたでしょう」

「ええ。亡くなっちゃいましたから、データ、役に立ちませんけどね」

「いいえ。役に立つかもしれないわ。採血したとき、どうだった」

「あの、何か変なんですか、データ。私も変だと思ってたんです、採血するとき」

「え？　何か小山さんも」

「血液、やたらサラサラで、それに採血したところ、血、止まらなくなって。でも急性アルコール中毒でしょ。家に帰ってから、私、確かめてみたんです。アルコールで溶血を起こすことが書いてありました」

「そう。それはそうなんだけど。採血は、いつの時点でやりました？」

「病室に入ってからです」

「とすると、ルートもきちんと取れて、輸液で利尿がつきはじめたころね。ヴァイタルも回復しつつあった」

「点滴ルート取るときも、私がやったところは——」

祥子は思い出している。小山看護師が左手首、前原さゆりが右ひじからルートを取ろうとして、前原は失敗し、ひじに貼りつけた絆創膏に血液が滲み出していた。小山は一発でルートを成功させていた。

「うまくいったんですが、それでも針を刺したところは、いつもと比べて、血が止まりにくかった。足にもう一本ルート取ってから、手のほうを見てみたら、貼った絆創膏の外に血液が滲み出していたので、包帯を巻きつけたんです」

点滴ルートが取られた手首足首には、たしかに包帯が巻いてあった。きちんと固定するためと思っていたが、あれは小山看護師が止血のためにおこなったことだったのだ。

「右ひじの前原さんが失敗したところも、包帯を巻いて押さえつけましたから」

アルコールの血中濃度が高くて、止血しにくくなっていたんでしょう、と小山看護師は祥子に確かめてきた。

「それはそうなんでしょうけど、小山さん、前原さんの血液データを見てください」

前原園子のカルテに貼付された検査結果用紙に目を通した小山看護師は、納得顔でうなずいた。

「やっぱり溶血ですか」

数字の上をキョロキョロと小山の目が動いていたが、うなずいて祥子に視線を戻した。

「えっ？」

「何か感じない？」

「データの数字、メチャメチャよ。それに、こんなにひどい溶血。アルコールで血球がほとんど破壊されていると言ってもいい」

「はい……」

小山の反応が鈍い。

これ以上、小山看護師が血液データの意味を解読するのは無理、と判断した祥子は小山から離れて、ナースステーションの隅に置いてあるコピー機に向かい、前原園子のカルテのすべてをコピーした。

「前原さんは、仕事には来てらっしゃるの」

「先週の土曜日が、告別式でした。次の月曜日からは、いつもの勤務に戻っています」

小山はチラチラと祥子の顔色をうかがっている。前原さゆり看護師が、祥子をはっきりと「嫌い」と言い放った声を耳にしている。

祥子は静かな顔つきで、一言「そう」と言ったきり、しばらく口をつぐんでいたが、もう一人の患者のことを訊いてきた。

「先週、脳外に送った患者さん、どうなりました」

「私もついて行ったので、気になっていたのですが、手術は無事すんだそうです」

祥子はホッとしたが、小山の声のトーンが何となく低いのが気になった。

「でも、意識が戻らないとかで」

「それは……」

「火曜日でしたか、院長先生のところに、近藤病院から手紙が来ていました」

あ、と小山は口に手を当てた。

「何?」

祥子の眉が寄った。

「あ、いいえ」

小山が口ごもった。

「何？　何でもいいの、言ってください」

「はい……。実は院長先生、近藤病院からの手紙を持って、私たちに……私と前原さんです……こちらでの経過についてお訊きになったのです」

「院長先生が」

「はい。私が答えようとすると、前原さんが」

救急搬送で手間取った、あんなの脳に何かあるかもしれないってすぐわかるのに、ＣＴなんか撮って、モタモタして、と、ここでも祥子を責めるようなことを院長に言っていたと、小山は遠慮がちに話した。

「よほど嫌われたわね、私、前原さんに」

「前原さん、お母さんのこともあるから、仕方がないのかもしれませんが、先生のこと、まるで仇みたいに」

「まあ、私もちょっとキツく言い過ぎたから」

祥子は冷静だ。

「患者さん、その後、意識戻ったのかしら」

「そのあと報告があったのかどうか、知りません」

「名前とか、わかったの」

「それは、わかったみたいです。秋山さんとか。秋山、ええっと、美代子さんでしたかね。院長先生に訊かれて、最初、誰のことかわからなくって。先週の木曜日に近藤病院に運ばれた硬膜外血腫の患者さんと聞いて、初めてわかったくらいですから」

「秋山美代子さん……」

ひったくられたときに倒れて、頭部を強打、血腫をつくって意識障害に陥ったということになる。

最低の犯罪だと、祥子の頭に血が上った。

「近藤脳神経外科の電話番号、わかります？　その後の様子を訊いてみたいんです」

近藤病院では院長がいて、直接祥子に対応してくれた。

秋山美代子は六十歳。意識はまだ戻らないが、ヴァイタルは落ち着いていて、自発呼吸もあり、現在経過観察中、とのことであった。

「当病院の近くで、ひったくりに遭われたとかで」

「患者さんのご自宅は、ここからは少し離れたM市S町なのです。夜、帰っていらっしゃらない奥さんを心配して、ご主人がM市警察に届け出られたということで、当方に照会があって、身元が判明したのです」

「M市S町ですか。ずいぶん遠いですね」

自宅からは自転車で来ても、O市の現場まではそれなりの距離だ。何かこちらに用事でもあってやってきたのだろうが、ひったくりの災厄に遭うとは、不幸なこと、この上ない。

祥子は電話を置いてからも、怒りが治まらない。

ひったくり犯、捕まえて、ボコボコにしてやりたい。

本来の気合いを取り戻しかけている祥子だった。

07

「先生。外来患者さんです。お願いします」

当直室で前原園子の血液データのコピーを見ながら、頭をひねっていた祥子は、白衣を羽織った。

夜の十時を過ぎている。病棟も静かで、今夜初めての時間外患者だった。

「大澤《おおさわ》さん、どうなさいましたか」

現れた美女に、大澤三千夫《みちお》は目を見張った。一瞬、最近ひどくなってきた呼吸困難と動悸を忘れた。そのあと、余計に胸がドキドキとした。

「このごろ息切れと動悸がひどくて。しかも、昨日から咳がひどくなって、熱も出てきて、食欲もないんです」

患者は症状を並べ立てた。唇の色が悪い。息が切れている。話す口からタバコのヤニの臭いがプンプンと漂ってくる。

こういう患者は、昼の正規の診察に来てもらったほうが、能率よく検査もできると思いながら、追い返すわけにもいかない。

「これに人差し指を入れてください」

祥子はパルスオキシメーターを患者の前に差し出した。指先で血液中の酸素飽和度を測定することができる。

大澤三千夫の数字は九〇％と出た。正常は九五％以上である。ずいぶん低い。

「歩くだけで、すぐに息切れするのではありませんか」

大澤はうなずいた。

「階段は？　駅の階段、上れますか？」

大澤は首を横に小さく振った。話すと息切れするので、最小限の返答だ。

「タバコは一日何本くらい。何年間吸っていますか」

「二十本。四十年」

二十本と言って、二十本ですんでいる喫煙者はいない。三十本か……四十本か……。

「診察いたしますから、上半身脱いでください」

六十歳ということだが、肌色は悪く乾燥し、聴診器にも気道が狭くなっている音が、肺野全域で聴き取ることができる。

長い酸素不足の状態に、心臓まで一層のポンプ作用を強いられて、大きくなっている。

ＣＯＰＤ、慢性閉塞性肺疾患だと祥子は診断した。

「胸のレントゲンを撮ってみましょう」

長期喫煙者に多く見られる、肺組織が破壊されて呼吸困難になる病気で、死亡原因の十指に入る。

治療法はない。タバコをやめて、それ以上、肺が破壊されるのを食い止める以外に良策はなく、一度壊れた肺も元に戻らない。

レントゲン画像が診察机のモニター画面に映し出された。大きな肺は空気が無駄に溜まっている部分が多くて、全体的に黒っぽい。通常見える肺紋理《はいもんり》、すなわち血管影が乏しく、汚い。

「熱は……三七・五度。咳はひどいですか」

ゴホゴホゼロゼロ……ゴホ。タイミングよく咳が出て、患者はカーッと痰をティッシュに採った。

「痰を見せてください」

ネバッとティッシュにこびりつき、糸を引く、黄色い汚い痰だ。

「念のため、細菌と細胞を調べておきましょう」

痰をそれぞれの検査にまわすよう看護師に指示して、祥子は再度レントゲンに目を凝らした。

「明らかな肺炎とか、今は見えません。これはお聞きになったことがあるかと思いますが、COPD、慢性閉塞性肺疾患です。タバコの吸いすぎです」

患者は肩で息をしている。

「きちんとタバコをやめないと。でも、今日はお苦しそうですし、熱も出ています。入院して、酸素吸入と解熱剤、それに肺炎の危険性もありますから、抗生剤を射ちましょう」

祥子はカルテに治療処置の指示内容を記入した。

患者は家に帰るとは言わなかった。付き添い人もいない。間もなく患者は車椅子に乗り、看護師に連れられて、病棟に上がっていった。

そのあと深夜に及ぶまで、何人かの外来患者が来たが、先週のように救急搬送患者で賑わうこともなく、午前二時ごろには、祥子は当直室のベッドの上で目を閉じていた。

眠る前に、入院させた大澤三千夫を診察に行っている。抗生剤の点滴が終わった患者は、酸素マスクを着けて、静かに目を閉じていた。

電話がいつものけたたましい音をたてたのは、明け方、まだ四時前だった。看護師の金切り声が耳に突き刺さった。

「先生。至急三〇八号室に来てください」

「三〇八？」

「今日入院の大澤さん、様子が変です」

どう変なの、と聞き返す余裕などない。眠気を少しばかり引きずりながら、四人部屋三〇八号室に駆け込むころには、いつものとおり、祥子の目も頭もはっきりと目覚めていた。

他の三人の入院患者は眠っているのか、カーテンを引いたままで、静かだった。

小山看護師が、仕切られたカーテンの中で、大澤の血圧を測っている。何度も血圧計の水銀柱を上げ下げしているところを見ると、測定できないらしい。反対側の腕に手を当てたもう一人の当直看護師中島《なかじま》が、脈が微弱です、一二〇と告げた。

小山が耳から聴診器を取った。

「血圧、先ほどは上が七〇、下はわかりません」

「今は」

「どうも、よく聴き取れないんです」

患者の呼吸が弱くせわしない。

「大澤さん」

大澤は祥子の呼びかけに、わずかにまぶたを動かしたが、目を開かなかった。

「どこか、個室、空いてる?」

「三〇二なら」

「そこに運んで。ベッドごと」

入れ替えだ。三〇二の空ベッドが廊下に出され、大澤の横たわったベッドが運び込まれた。

「ルート取って。採血も」

小山は再び血圧測定にかかり、中島看護師が採血準備のために走り出た。

祥子は手順どおり、頭から足先まで素早く診察した。

「ずいぶん熱が上がっている」

「四〇度です」

胸に聴診器をあてて、音を聴いた。何か先ほどと違う異常音は……ない。

酸素マスクをしているから、外来にやってきたときとは違って、唇の色は悪くない。装着したパルスオキシメーターも九九%と、充分な酸素量を示している。

急変というべき状態だった。

小山看護師が足の浮いた血管から点滴ルートを取ろうとしたとき、患者の体がビクンと跳ね上がった。

と、マスクを弾き飛ばすほど激しく嘔吐した。顔の横に吐瀉物《としゃぶつ》が飛び散った。

肺に異物を吸い込む異常音が、ゴロゴロと胸に響いた。

クッ。ガッ。空気を吸おうと顔がつき出されたが、胸は膨らまない。ヒューィ。ガッ。一音を残して、患者の呼吸が停止した。

「いけない!! 挿管!」

祥子は患者の顔を横に向けて、すばやく手袋をつけた指で口腔内にたまった汚物を掻き出し、点滴ルート確保を中断した小山が差し出した吸引チューブを突っ込んだ。

ジュジュジュジュー。

外の、中島が駆け寄ってくる音が大きくなった。

「先生。挿管」

顔を戻して口が開かれ、マッキントッシュで照らされた喉頭から気管内にチューブが入った。バッグを取りつけ、ぐーっと押せば、音を立てて大澤の胸が盛り上がった。

そのあと、心電図、点滴ルート、そして人工呼吸器まで取りつけられて、大澤三千夫は完全な管理下に入った。当然、患者の意識はない。

「ご家族は」

「お一人で住んでおられたみたいです。お子さんが遠くにいらっしゃるとか聞きました」

「連絡しておいてください」

「それにしても、先生。何が起こったんですか。ＣＯＰＤでこんな急変」

「何かほかに病気があったのかもしれませんが……」

と言いかけた祥子に、先週の嫌な記憶が戻ってきた。

また、思いがけない展開になった。患者の急変とは、ただごとではない。それも致命的だ。

明け方、午前六時三十分、大澤三千夫は帰らぬ人となった。

何がどうなっているのか、祥子にはさっぱりわからなかった。

嘔吐物を誤って気道内に吸引し、窒息した。なぜ嘔吐した？　その前の高熱、血圧低下、意識混濁はどういうことか？　先に何かが起こっていた？

祥子は放射線当直技師に電話をかけた。

「一人、ＣＴを撮っていただきたい患者がいるのですが」

眠そうな声が返ってきた。

「今からですか。入院患者ですか」

「昨晩入院の大澤三千夫さん。先ほど亡くなりました。死因不明です」

「ＣＯＰＤじゃなかったのですか」

「いいえ。そちらのほうは、急変するような状態じゃありませんでした。何か他に起こったに違いないのです。頭から腹部まで、ＣＴお願いします」

「でもＣＴの検査コストがかかりますよ。死人でしょ」

「そんなこと言ってる場合じゃありません。何なら私が払います」

祥子の剣幕にたじろいた技師は、わかりました、と不服そうな声を出した。

祥子は考えこんでいた。

当直から朝、大学病院に戻って、何とか病棟患者の治療回診をすませ、検査のオーダーをした。そのあとは医局の自席に腰をかけたままで、時には両手を頬に当てて頭を支え、時には椅子に背を反らせて、頭を重力のなせるがままに落とし、髪まで垂れ落ち、二時間三時間……。

串カツに心をほぐされた時間が、遠い昔のよう……。食欲もなく、早めに帰宅した祥子は、乱風に電話をかけてみた。

ようやく乱風の声が聞けたのは、何度かけたか、夜も十時をまわったころだった。

祥子の早口に、乱風の声も緊張した。

「それが、死後CTで見てみたんだけど、特に何もなし」

「となると、不幸にも嘔吐したために窒息したか」

「でもそれじゃ、高熱とか意識混濁の説明がつかない」

「肺炎はどうだったんだ。肺炎を疑って入院させたんだろう」

「明らかな肺炎の所見はなかった。嘔吐物の誤嚥《ごえん》も起こったばかりで、一部、肺が詰まったような所見以外には、何もなかった」

「血液はどうだった？」

「入院時の採血は、朝一で検査に出ているはずよ。でも、結果を私が見られるのは、来週の当直のときになる」

血液といえば、と祥子は前原園子の著しい溶血のことを乱風に話した。

「そんなに……」

乱風は息を飲んだまま、口を閉ざしている。

祥子はカバンから前原園子のカルテのコピーを引っ張り出して、検査結果の数字を一つひとつ伝えた。

「ムチャクチャじゃないか」

「私もそう思う。検体にアルコールでも混入したら、こんなことになるかもしれない」

「いや。それなら血球以外の生化学検査値がムチャクチャなのは、どう説明するんだ」

「それって、前原さんの血液自体がアルコール漬けだったたってことを言ってるの？　体内のアルコール濃度が極端に高かったということになるの？」

ひらめいた恐ろしい疑惑が一瞬、乱風の脳をたたいた。

「どこか外国で、オーストラリアだったかな、アル中の患者を治療するのに、アルコールの点滴をすると聞いたことがある」

「それって……前原さんにアルコールを入れたってこと？　そんなもの、あるわけないじゃない」

「あ、いや。これは僕の想像だ。実験室に行けば、アルコールなんか簡単に手に入る。前原園子さん、急性アルコール中毒で運ばれてきたんだろ。案外、誰かにアルコールの点滴をされていたりして」

「そんなこと」

「やろうと思えばできるさ、ある特殊な目的を持ってすればね。そんな様子はなかったのか？」

「アルコールの臭いはプンプンしてたけど、点滴した痕なんて、どこにもなかった」

　祥子が診察しているあいだに、小山幸代看護師と、娘の前原さゆり看護師は、二人して点滴ルートを取るために、腕の血管と格闘していた。

「しかし、一時は回復していたんだろう。また悪くなるなんてことはあるのかな。まあ、ありうるか。普通はアルコールが出ていけば、問題はないはずだが」

　人間、万能じゃない。うまくいかないときだってある。佐治川教授と同じようなセリフを最後に、気にばかりしていたら、かえってつまらないミスをするから、とにかくゆっくり休めと、大きなキスの音とともに電話が切れた。

通話時間を見ると、二時間近くも話していた。日が変わる。

祥子はあわててシャワー室に飛び込んだ。

08

週が明けて月曜日、病棟に上がった祥子を見つけて、蒲田看護師が待っていたかのように近寄ってきた。

「倉石先生。例のひったくり」

蒲田は小声で話しはじめた。

「先生が診られた硬膜外血腫の患者さん、その人、僕が見たひったくりの被害者とは別の人ですよ」

「えっ」

「先週末、気になって、事件のあった最寄りの交番に行ってみたんです。その後どうなったか訊きに。そしたら調べてくれて、ひったくり犯はまだ捕まらないけれど、被害者の女性、たしか名前は橋本《はしもと》さんとか、倒れたときに、ちょっと頭を打ったのと、指の骨折があって、一週間ほど入院してたけど、ほかは特に何ともないから、無事退院されたそうです」

「橋本さん……。私のほうの患者さんは、秋山美代子さんっていうんだけど、こちらは先週木曜の夜聞いたところでは、まだ意識が戻らないのよ」

「同一犯かもしれませんね。時間も場所も近いから」

「そうだったの……」

蒲田くん、とナースステーションの奥から師長の呼ぶ声がした。

「許しがたいひったくり犯ね」

「僕、あの近くに友だちがいるので、よく行くんです。また何かないか、注意しておきますよ」

言いながら、蒲田は離れていった。

しばらく何事もなかった。祥子は当直で二回つづけて死亡症例を出してしまったことや、術後意識が戻らない秋山美代子の容態を気にしながらも、日常の業務に時間を忘れて精を出していた。

大学病院で集中しているあいだも、時には死者の霊魂が祥子の脳をノックしてきた。

祥子が佐治川に呼ばれたのは、水曜日の外来診察をつつがなく終えて、いつものように遅い昼食を摂っているときだった。携帯が鳴ったのだ。

食事がすんだら、教授室に来てほしいという。

いつもの人なつっこい、祥子に接するときの佐治川の声と、トーンが違っていた。

急いで皿の上の物を喉に流し込み、教授室に向かうあいだ、妙に胸騒ぎがした。

教授室では秘書が硬い表情で、祥子が来たことを佐治川に告げた。

「来たか。まあ、入りたまえ」

「失礼します」

来客があった。白髪がやや薄くなった、スーツ姿の男性が、背を向けて座っていた。

「私の横にかけたまえ」

「はい」

祥子は客に目をやりながら、長い脚を折ろうとして、あ、と声をあげた。

客の男性がソファに身を沈めたまま、軽く頭を下げた。挨拶をしたというよりは、祥子を認めてうなずいたという感じだった。

「こちら」

佐治川の紹介に、祥子は立ったまま、腰を折った。

「池杉院長先生でいらっしゃいますね」

「そう。今日は、ちょっと困った話を持っていらっしゃった」

祥子は体のなかに、何か冷気が吹き通ったような気がした。

「まあ、とにかく、かけたまえ」

実は、と佐治川が話しはじめた。池杉雄策は口をへの字に結んだまま、佐治川と祥子の両方に視線を、行ったり来たり動かしている。

「先々週、池杉先生のところの看護師のお母さんが、急性アルコール中毒で亡くなった。君が診た患者だ」

「はい」

「そして先週はCOPDの男性、誤嚥性肺炎で亡くなった」

「えっ、誤嚥性肺炎？　でも、あの方は」

「池杉先生がおっしゃるには、いずれの症例も結果としては、ある程度はやむを得ない、患者さんの急変もありうることだと」

祥子は少し力を抜いた。

「ところがだ。今日、先生がこうしてわざわざ、私のところに出向いて来られたのはね、先週の患者さん、大澤三千夫さんとおっしゃいましたかな」

佐治川は池杉に患者名を確かめた。

「この方の血液が敗血症の状態だったそうだ」

「ええっ!!　まさか」

祥子、驚きの声を抑制できなかった。

「敗血症……ですか」

それまで黙っていた池杉が口を開いた。

「出てきたデータは強い感染を疑わせる所見だったし、妙だと思って、私が追加の検査を出したのだ」

結果が出るまでに、土日をはさんで五日かかった、と池杉は言った。

「驚くことに、黄色ブドウ球菌やら溶血連鎖球菌、大腸菌など、合計五種類の細菌が検出された」

それで高熱が出て、嘔吐まで起こったのか。

祥子が駆けつけたときに見た患者の症状は、こうして言われてみると、敗血症として矛盾はなかった。

「患者を入院させるとき、何か異常に気がつかなかったのかね」

池杉の声は明らかに詰問調だ。

「だいたい、その場で白血球ぐらい、調べてみるべきじゃないのかね」

祥子は唇をかんだ。来院時、熱は出ていたが、高熱というほどではなく、レントゲンにも肺炎を思わせる陰影はなかった。

「それはともかく、患者の息子というのが三人いて、束になって、病院のミスじゃないか、とゴネてきた。父親はたしかにタバコはよく吸うし、肺も悪くなってきていると言っていたが、急死だ。それも入院した病院でだ。医者は何をしているんだとね」

訴えられて、カルテを調べられたら、敗血症を見逃したことがわかってしまう。病院の責任もあるが、患者を診た医師個人の責任はまちがいなく問われることになる。

池杉は少し脅すような口調で、語気を強めた。

追い込まれていく自分を感じて、祥子は全身が凍る思いだ。佐治川まで表情が固まり、顔色が悪くなっている。

「でも」

反論の気配を見せた祥子に、池杉は厳しい目つきになった。

「それほどの敗血症でしたら、来院時、あんな状態でいられるものでしょうか」

急性アルコール中毒患者の血液が想像以上の溶血を起こし、他の検査値も説明のつかない組織障害を示している結果を見た瞬間から、祥子は、何かがおかしい、と感じはじめていた。そしてまた、この細菌だらけの血液だ。

「患者さんが入院して、とりあえず酸素マスクで酸素を投与し、念のためにと、抗生剤の点滴をしました。そして四時ごろだったと思います、急変したから来てくれと言われたのは。採血はそのときです」

何を言いたい、と佐治川は祥子に同情の視線を向けた。

「入院して数時間です。そんなに早く」

池杉が怒った声を放った。

「敗血症で症状が一気に悪化することだってある。だから、先ほど急変することもあると言ったんだ。いずれにせよ患者は死亡している。こちらとしては、まずい立場であることに変わりはない。ゴネてきたら、何とか穏便に事を片づけるつもりだが」

池杉はじっと祥子を見据えてきた。

「佐治川先生が強く推薦されたから、私も受けたのだが、こうもマズい死亡例がつづいたとなると」

余韻を残して口を閉ざした池杉に、佐治川は少し考えていた。

「では、代わりの者を派遣するということでもかまいませんか」

「今回は、それでこちらもけっこうです。倉石先生」

池杉は押し潰すような声を祥子にぶつけてきた。

「ま、こういう状況ですし、私どもの気持ちもおわかりいただけたかと思います。残念ですが、先生にはもう」

池杉は佐治川に向き直った。

「明日は木曜日です。急なことですから、明日の当直をご手配いただくのは無理でしょう。私どもで何とかいたします。新しい先生には来週からということで、よろしくお願いします」

池杉は腰をあげた。佐治川があわてて池杉を送り出した。

祥子は両手で顔をおおい、二人の動きもわからない様子で、ソファに座り込んだままだった。

秘書が心配そうな顔で、祥子を見ている。

佐治川は手をやわらかく振って、間の扉を閉めた。

どう祥子に話しかければいいのか、考えあぐねている。突っ立ったまま、祥子の白衣姿を見つめて動かない。動けない。

何を考えている……倉石先生。

やがて、祥子の顔から、ゆっくりと手が離れた。青白い顔。目は真っ赤だ。だが涙の跡はない。

真一文字に結ばれていた口唇が震えて開いた。

「佐治川先生」

きっかけをもらったようで、ホッとした佐治川は祥子に向かって、崩れんばかりの書物の山の間に足を進めた。

「こんなの変です」

佐治川の足が止まった。

「当直、またどこか紹介するよ。医局長と話してみる。君の代わりの人も見つけないといけないし」

「いいえ。当直をクビになったことなんか、どうでもいいんです。そんなことより、見たこともないような溶血。症状もないのに、何種類もの細菌が原因の敗血症。池杉先生は、ああおっしゃいましたが、私は患者さんを診ていたんです。点滴が終わるころ、二時を過ぎていたと思います。そのころ一度、患者さんを診にいって、静かに休んでおられるのを確かめているんです。熱だって、身体に触れて、そんなに高いとは思わなかった。四十度だなんて。それが四時ごろには急変している。どう見てもおかしいです」

佐治川は何かに期待しているようで、黙ったまま祥子に先を促している。祥子の鋭い洞察力に、佐治川は何度も驚かされた覚えが過去にある。

「点滴で泥水でも射ち込めば」

「おいおい、まさか、そこまで」

考えるか……。

「乱風とも話したんです。急性アルコール中毒の患者にアルコールを点滴すれば、ああなるかもしれないと」

「………」

今度は佐治川は声が出ない。何も考えられなくて、頭のなかが真っ白になった感じだ。

祥子はユラリと立ち上がった。

「まさかとは思いますが、あまりにも常軌を逸脱した死です」

「調べてみたる、何か変なことあらへんか」と声をはりあげた神山烈火と蘭子の顔が浮かんで消えた。

彼らの診察日は、前回の診察から一カ月後、まだ二週間先だ。検査の結果を聞きにやってくることになっている。

祥子は無性に、二人に会いたくなっていた。

翌日の木曜日夜、池杉病院では院長自らが泊まりこんでいた。急なことで、当直の代わりが見つからなかったのだ。

ナースステーションには、小山幸代と前原さゆりがいた。小山は木曜日は定期で当直に入るローテーションを組んでいる。

若い前原のような看護師ならいいが、四十五歳という小山ぐらいの年齢にもなると、夜と昼の勤務をうまく使い分けないことには、疲れがたまるばかりで、体調不良の連続だ。やがて勤務にも差し支える状態になって、ケアレスミスが起こる危険性が高くなる。

「小山さん。倉石先生、当直クビになったんですって」

前原さゆりが愉快そうに小山に話しかけてきた。

「私のおかあさんを殺しただけでは物足りなくて、先週も一人、死なせちゃったんでしょう」

小山は、この前原ゆかりの物の言い方や、普段の態度には、時に嫌悪感を覚えている。返事をする気にならなかった。聞いているふりをしながら、カルテ記載の手を休めない。

前原さゆりは何もせず、動いているのは口ばかりだ。

「私にもっと勉強しろって、偉そうに。勉強しなきゃならないの、自分じゃん」

ペンを指でクルクル回し、遊び始めた。

「よくあんな程度の低い先生で、大学の医者が務まるわねえ。大学でも、あの先生の患者、いっぱい死んでるんじゃないの」

さゆりの毒舌は止まらない。

「小山さんだって、そう思うでしょう。あの先生、この病院に何回当直に来たの。来るたんびに、人殺してんじゃないの」

「ちょっと、いい加減にしなさいよ、前原さん」

小山はイライラしてきた。仕事もせずに、倉石医師の悪口ばかり。何、この娘。お母さんが死んで、まだ間もないというのに……。

さゆりはキッと小山を睨んで、そのあとは目を泳がせている。

「もう倉石先生、いらっしゃらないんでしょう。そんなことより、あなた、おしゃべりばかりしていないで、手、動かしなさいよ。仕事いっぱい残ってんだから」

小山の声に、うるさそうにまたひとにらみし、きつい視線を飛ばして、さゆりは「トイレ」とナースステーションを出ていってしまった。

五分経っても十分待っても、さゆりは戻ってこなかった。定時巡回の時間が迫っている。内科五十床の入院患者を、分担して診まわらなければならない。

時間が来ても、前原さゆりは姿を現さなかった。

「何してるのよ、あの娘。仕事、きちんとやらなかったら、明日は師長さんに報告ものだわ。ちょっと、ひどすぎるわ」

懐中電灯を手に、聴診器をぶら下げ、小山看護師は自分の担当患者の部屋を回りはじめた。一人一人まだ起きている者には変わらないかと声をかけ、寝息をたてている者には耳をすませて呼吸が規則正しく穏やかであることを確認し、十分ほどが経ったころ、ウィーンとエレベーターの音がした。

やがて扉の開く音につづいて、中から出てくる足音が聞こえた。扉が閉まったあとは静かだ。

病室から顔をのぞかせてみると、前原看護師だった。声をかけようとした小山を無視して、前原はナースステーションに入っていった。しばらく見ていると、シラッとした顔で出てきた。

小山とは反対方向の病室が前原の担当である。遅れたことを悪びれる様子もなく、前原看護師は平然と回診をはじめた。

「どこに行ってたのよ。あの娘。四階は院長室で院長以外、立入禁止だし。下で何かしていたのかしら」

どうでもいい。とにかく患者さんを診てまわらなければ。

小山は次のベッドに進んだ。

09

近藤脳神経外科病院から秋山美代子の夫に連絡が入った。硬膜外血腫除去手術後、初めて美代子が意識を回復したというのだ。

手術してから二週間あまりが経っている。夜の九時を過ぎていたが、秋山稔《みのる》は大喜びで、取るものも取りあえず駆けつけてきた。

「美代子」

久しぶりに目を開いていた妻は、夫に呼ばれて、ゆっくりと眼球を声がしたほうに動かした。

「美代子。おれだ。わかるか」

眼球が静止した。

「おい、美代子」

横に付き添った当直のナースが、気の毒そうに言った。

「意識は戻ったのですが、まだ少しぼんやりとしておられるようで」

「わからないのですか」

「今は……ですが、院長先生もおっしゃってましたが、少しずつよくなるだろうから、このまま様子をみましょうと」

「院長先生は」

「先ほど緊急手術に入られましたから」

「いつ終わりますか」

「さあ。それはわかりません。交通事故の患者さんなので」

稔は妻に視線を戻した。妻の目は夫ではなく、どこか遠くを見ていて、細かく揺れている。

「美代子。わからないのか。おい」

今夜付き添っていいかと言う稔に、完全看護ですから、ひとまずお引き取りください、と看護師は職務的な声を出した。

秋山稔が近藤院長から説明を聞くことができたのは、翌日の昼だった。

「記憶喪失……ですか」

稔は呆然とした。

「大きな血腫で、脳がずいぶん圧迫されていましたから。血腫を取り除いて、押さえられていた脳が戻るときにも、浮腫が起こったりして、快復に時間がかかることがあります」

「戻りますか」

しばらく考えていた院長は、あいまいな返事をしてきた。

「障害を受けている脳の場所や程度によります。今は何とも申し上げられません。私どもとしても、浮腫を除いたり、全身の管理に最善を尽くしますから」

秋山稔は美代子の身元が判明したあと、M市警察に呼ばれて、美代子の当日の行動について訊かれている。

「奥さん、夕方に出かけられたようですが、どこに行かれたか、ご存じないですか」

「さあ、その辺は。私も、あの日は外に出ておりましたし、帰宅したのが夜の八時ごろでしたか」

秋山稔のそれまでの居場所は、M市警察によってのちに確認されている。定年退職したあと週一回木曜日、相談役として系列子会社に出勤していた。

八時以降は自宅で妻を待っていたが、いつまでも帰ってこない、自転車もない、心配になって届け出て、間もなく、O市で倒れているところを発見され、近藤脳神経外科に入院中とわかって、仰天し駆けつけたのだ。

「奥さんは、ずいぶん遠くまで自転車で出かけておられる。いつも、こうですか。女の人の足では、なかなかあそこまでは。何か特別な目的でもあって行かれたと思うのですが、その点については、いかがですか」

秋山稔は首をひねるばかりだった。

「奥さんが被害に遭われたあの界隈、最近よくひったくりが出るところでしてね。幹線道路から少し入った薄暗い道で、入ってきた車の運転手が見つけたのです。どうしてあのような道を選ばれたのか。ご存じだったのですかね、あのあたりの地理」

「さあ、私にはわかりません」

「所持品が何もないということで、ひったくり強盗かと考えているのですが」

「家内がいつも持って出る財布がありません」

「盗られたということでしょうな」

刑事はつづけた。

「バイクのものらしきテールランプが目撃されています。界隈に頻発しているひったくり犯とみて、間違いないようです」

「家内は最初、別の病院に運ばれたようですが」

「救出現場から最も近い、池杉病院というところです」

「池杉病院……」

「ほんの目と鼻の先です。そこで呼吸が悪くなって、人工呼吸になり、CTで脳の血腫がわかって、すぐに専門の近藤病院に転送されたというわけです」

池杉の名前に、秋山稔には思い当たることがあった。

「家内は池杉病院に行こうとしたのかもしれません」

「どういうことです。この病院にかかっていらっしゃるのですか」

「いいえ。院長先生の奥さんの介護看護師として働いていたのです」

「奥さんの介護ですか？」

「病院で、ではありません。池杉院長先生のご自宅です」

「それは、どちらですか」

「M市H町です。M山のふもとに大きなお家があります」

「ああ、あの池杉……」

刑事たちにも、土地持ちの資産家、池杉の名前は知られていた。

「家内はもう何年も、奥様の看護についていたのです」

「どこか悪いのですか。その院長先生の奥さん、お名前は」

「たしか、池杉時枝《ときえ》さんだったと思います。いえ、どこがどうというのではなく、何となく精神が不安定で。それに、事故で脚がお悪いと、家内から聞いていました」

つい何カ月か前に、急にお役目を解かれた、と秋山は語った。

「何か大きな失敗でもやらかしたのかと思いましたが、家内は、訳がわからない、長いあいだ何も変わらないし、とにかくもういいと言われただけで、と。解雇の理由は何も」

「どこか施設にでも移される気になったのでしょうかね」

「わかりません。家内も、これまで親身になってお仕えしてきましたのに、このままずっと、自分が働けなくなるまでご一緒にと思っていたのに、とずいぶん悔しがっていました。泣いていることもありましたから」

「ぶしつけな質問ですみませんが、そういうことでしたら、お給料なんかは」

「はい。月に三十万ほど。毎日行っていましたから。日曜日も休みなく。とにかく身のまわりのこと、すべてに」

「退職金は出たのでしょうね」

「手切れ金のようなものでしょう。ポンと三百万。家内は、こんなものいらないと、手もつけず、タンスの中にしまい込んでますよ」

刑事は話を戻した。

「池杉病院に搬送されて、院長が診たのでしょうかね」

「さあ、それは知りません。でも、夜ですから、どうですかね。院長先生だったら、家内の顔は知っているでしょうから、すぐに知らせてくれたのじゃないでしょうか」

「何かの理由で、病院に向かったのか。としても、ひったくりに襲われたこととは何も関係ないでしょうね。とにかく我々は、〇市警察管轄と協力して、加害者の割り出しに全力を尽くしますから」

全力を尽くしても、秋山美代子が意識を回復するころまでに、犯人が逮捕されたという話はなかった。

大きな病院の掲示板には、診療内容と診察医師の名が標榜されているが、たいていの場合「看護師募集、委細面談」と隅に書かれている。

医師募集という文字は、まず見かけない。二週つづけて木曜日の当直をやる羽目になった池杉院長は、掲示に「当直医募集」とでも出すか、と院長室で苦虫を嚙む表情だ。

佐治川からは「どうしても医師のやりくりがつかなかった」と直接、池杉のところに電話がかかってきた。

「すまないが、次週は必ず」と電話の向こうで頭を下げている気配に、池杉は「それなら」と納得したのだ。

これが医局長クラスからの電話ならば、どうなっているんだ、と怒鳴り声の一つも返すところだが、佐治川なら仕方がない。

もう一つ、気がかりなことがあった。

池杉は近藤脳神経外科に自ら電話をかけて、近藤院長を呼び出し、直々に、秋山美代子の容態を尋ねている。

意識は何とか戻ったが、まだ曜日も日時も、自分の名前さえわからないようで、記憶が完全にとんでいる状態だと聞いて、気持ちが重くなった。

もし記憶が戻ったら、いや、戻りそうだったら、すぐにでも知らせてほしい。近々、見舞いにも行きたい、と伝えておいた。

むしろ近藤院長のほうが、池杉の誠実な態度に感心し、恐縮していた。

今夜の内科系当直看護師は、先週と同じ、小山幸代と前原さゆりである。

午後六時ごろに、日勤を終えた川西内科師長が、師長室に池杉院長を呼んだ。

「今日の当直の前原さんなんですが」

「どうかしたのか」

「一緒に当直している小山さん、もう、うちには十年以上もいるベテランですけどね。ちょっとクレームをつけてきたんです」

院長は口をつぐんだ。

「口を開けば、人の悪口ばかり。特に、もう辞めちゃいましたけど、倉石先生。今でも何かと引き合いに出して、こきおろすのだそうです」

「ふん」

池杉は鼻息を吹いた。

「仕事も遅いし、何となくサボりがちで、すぐにスネて、どこかに行ってしまうし」

「まあ、まだ慣れないんだろう。何しろ新人に近いし、うちの看護師たちはみんな勤続何十年……てことはないが、長い人ばかりで、一つの村みたいなものだから」

村八分にはしないでやってくれ、と言った院長に、川西は妙な気がした。院長先生の話し方は、自分の娘みたいな口ぶりだ。

「今日も、小山さんと当直一緒でしょ。トラブルなければいいんだけど」

「大丈夫だろう」

「私も気をつけておきますけど。近頃の若い人、下手に厳しくすると、すぐにへそ曲げるし、勝手に辞めちゃうし。扱いにくいわ」

「物じゃないんだから。人を扱おうとするからいけないんだ。上手に持ち上げて、それとなく使っていけばいいんだ」

「若い人といえば」

川西師長はファイルを一つ、つまみだした。

「今日、一人、看護師が応募してきたんです」

ファイルを開いた池杉はニコリとした。

「なかなか、かわいい娘じゃないか」

「どこ見てるんです、院長。顔より、ちゃんと中、読んでください」

さあっと履歴書に視線を滑らせた池杉は、いいんじゃないか、師長はどう思うんだ、と目で問いかけてきた。

「内科のほうは満杯なんです。この娘、内科病棟希望です」

「外科はたしか一人か二人、最近辞めるようなこと聞いたぞ」

「外科希望ならよかったんですけど」

「誰か内科で、外科経験のある看護師、回せないのか」

　パチンと川西は指を鳴らした。

「小山さん」

「クレームをつけたナースか」

「あの人、たしか前の病院、外科で手術室にも入っていたんじゃなかったかしら」

「そいつはいい。小山を外科にまわせ。そして、この看護師を内科に入れればいいじゃないか」

「院長先生も、この娘、ＯＫですね」

　当たり前だというように池杉は、にこやかにうなずいた。前原さゆりを入れたときの表情だ。

「小山さん、ウンというかしら」

「それを言わせるのが師長の役目じゃないか。外科の桜井師長と、よく話をしてくれ」

池杉は再度、履歴書の写真に目を転じた。

大きな目をした、まだどこか幼さの残る顔だちだ。

三塚瑠璃《みつづかるり》　二十五歳

とあった。

10

倉石祥子は実験室の隅にいた。病原体研究所から戻ってきて、新しい研究テーマをもらっている。極端に難しいテーマで、肺癌発生のメカニズムの解明、というものだ。

これまでも人類が長年チャレンジしてきた研究課題である。タバコ喫煙者に肺癌の発生頻度が高いことはわかっている。

しかし、ただ一つの原因だけで癌ができるならば、人類はとうの昔に消滅しているだろう。生物すら存在しないかもしれない。

幾重にも原因が重なっている。

何かが発生したとき、ほとんどの場合は生きつづけられない細胞として脱落し、他の正常細胞が生命を維持してくれる。

そんな中で活力旺盛、脱落しない元気者、乱暴者がいて、まわりの秩序などおかまいなし、傍若無人に暴れまわる、これが癌だ。

ある意味、どこまでも生き残るから困るのである。不都合なものが脱落するのなら、癌などに悩まされることはないのだが。

癌として生きのびる不届きな細胞ができ上がるまでの過程を解き明かすのは、超難問である。人類最大のテーマのひとつと言っても過言ではない。祥子にテーマを与えた佐治川にしても、実は大きな期待はしていない。

今、祥子は遊んでいる。自分の血液を採って、それを様々な濃度のアルコールの中にポタリポタリと落としている。

いや、遊んでいるわけではない。

さっさとやらないと、注射器のなかの血が固まってしまう。二分とはかからない。

血管の中で血球が溶けるのを再現したいから、通常検査用の採血時に加える抗凝固剤は一切使っていない。

途中で、もう注射器内の血がドロリとしだした。

「やっぱり、簡単に溶けちゃう」

アルコールに滴下された一滴の血は、またたく間にさあっとうす赤く散ってしまう。

アルコールをずいぶん薄めても、薄めるために使った水の影響もあって、赤血球が破裂して、血は溶けてしまうから、どのくらいのアルコール濃度で血管のなかの細胞が壊れるのか、正確にはわからなかったが、祥子はいつまでも、前原園子のサラサラの血、結果用紙に鮮やかだった「溶血しています」の文字にこだわっている。「極端に」の文言を付け加えたいくらいだ。

最初の搬送時から、あれほどの溶血を起こしていたら、すでに死亡していたのではないか。

どこかで、患者にアルコールが注入された？　お酒をいくらがぶ飲みしたところで、あそこまでなる？

前原園子にずっと付き添っていたのは、娘のさゆりである。彼女なら、誰にも知られずに、母親の点滴にアルコールを混ぜることができる。

祥子は首を激しく振って、その考えを脳の外に弾き飛ばした。

自分の母親だ。あとで聞いたところによると、母一人娘一人ということだった。肉親によほどの恨みがあったとしても、そしてその母親が、偶然自分の目の前に急性アルコール中毒で運ばれてきたとしても、計画的でなければ、アルコールなど手近に用意しているはずもない。

アルコールの注入タイミングを考えると、すぐに大澤三千夫の敗血症に結びつく。

何気なく言った「泥水でも点滴すれば」という、人にあるまじき発想が頭にこびりついて離れない。

二時に診たときには格別問題のなかった患者を、四時に激変させるとすれば、そして細菌だらけの血液にするとすれば、泥水を血液の中に入れてやればいい。それも何十cc、何百ccは必要ないだろう。ドブからすくってきた汚水を二〇ccも注射器に詰めて、一気に押し込めば……。

やるとなると、タイミングは抗生物質の点滴をしているときか。

やれるのは……。

また祥子は激しく頭を振った。何を考えているの、私……。

やれるのは、すぐ近くにいた看護師たち。小山さん？　中島さん？

小山さん……。あの人は前原園子さんのときにも、当直だった。

あの仕事熱心な、穏やかな顔をした小山幸代が……ありえない。アルコールのことだって、勉強し直している。小山に、そのような恐ろしいことをする動機もない。

それとも、仮面をかぶった殺人狂……!?

ふと気がつくと、注射器のなかで、祥子の血液は完全に血餅《けっぺい》状になっていた。試しに注射筒を押してみた。注射針内腔の血液も固まっている。力を込めて押しても、指が押し返されるばかりだ。

針先に栓がしてあるようだった。

「先生。どうも、わざわざお越しいただいて、恐縮です。患者さんも喜ばれるでしょう」

「記憶は戻ったのですか」

「いいえ、それはまだ」

近藤院長の案内で、池杉は秋山美代子の病室までやってきた。

記憶以外、全身状態は術後三週を過ぎて、ずいぶん回復していたが、夫の要請で、まだ個室にとどまっている。

記憶を失くしていても、人間は摂食行動を忘れないようで、三食を美代子はほとんど残さずに食べていたし、夫が差し入れたフルーツも喜んで口にしていた。

喜ばしくないのは、その美味なフルーツを持ってきた夫の稔を認識できないことだった。

他人を見るような妻の眼差しに、夫は涙を流した。しかし犯人は、未だ捕まっていない。

余計に悔しさが増した。腹立たしさが募った。

「こちら、最初に救急搬送された池杉病院の院長、池杉先生です」

紹介されて、妻の傍らに立ち上がった秋山稔は、妻が何の説明もなく、池杉夫人の看護を解雇されたことには一切触れず、黙って頭を下げた。池杉は言った。

「驚きました。まさか、あの秋山さんだったとは」

稔は無言だ。池杉はつづけた。

「家内が長いあいだ、お世話になりました。家内のこと、何か奥様から聞かれていますか」

「美代子は、できる限り奥様の看護をつづけるつもりでした。辞めなければならないことを、とても残念がっていました。退職金までいただいて。でも家内は、まったく手をつけていません。ずっとお世話をする気持ちでおりましたから」

頭を下げた秋山に、池杉は少し身じろぎした。

「美代子は本当に奥様のことを心にかけておりました。奥様、その後はいかがでいらっしゃいますか」

秋山はじっと池杉に視線をあてている妻に目を移した。

「美代子。池杉先生だ。わかるか」

美代子の目がキョトキョトと動いただけだった。

「先生のこともわからないようです。ずっとこんな状態なのです」

「お気の毒なことです。いったい誰が」

「この近辺に最近出没しているひったくりということですが、まだ捕まっていません」

「けしからん話です。まったく」

池杉は美代子と目を合わせた。

「家内は特に変わらず、いつもの調子です。どうかご心配なく」

「それを聞いて、美代子も安心するでしょう。どなたか、代わりの方でも？」

池杉は手を振った。

「いいえ、私が看ております」

「院長先生が、ご自分で——」

お忙しいでしょうに、という言葉を、池杉は遮った。

「これまで放ったらかしでした。もちろん、秋山さんには深く感謝しております。私も、もう六十歳になりました。この先、どこまでつづけられるか」

近藤院長が口を挟んできた。

「先生。まだまだ地域の人たちのために、がんばってください。老ける歳じゃありませんよ」

「それはそうですが、無性に、家内のために何かしてやりたくなりましてね。それで秋山さんには、お引き取り願ったのです」

「そうだったのですか。でも、美代子も、この先、少しは先生のお役にも立てたでしょうに」

「あまえれば、いくらでもあまえてしまいます。それに、私は時枝と夫婦水入らずで、余生を過ごしたいと思いましたのでね。秋山さんには、そんな私の気持ちまでは話せませんでした。少々恥ずかしかったものですから」

美代子の目が池杉に向けられるたびに、池杉も視線を合わせていた。

「近藤先生。いかがです。秋山さんのご回復。何とかご主人のこと、わかるようになるまで、どのくらいかかりましょうかね」

池杉の質問に近藤は言った。

「これはご主人にもお話ししたことなのですが、脳の一部がやはり損傷を免れなくて、それがMRIでも確認できているのです。記憶中枢付近ですから、今後のことは何とも。五分五分《フィフティフィフティ》です」

「そうですか……。私どもに救急搬送されたときに、当直の医師がもう少し早く診断をつけていれば」

「いや」

近藤は、秋山にも気をつかう目つきをした。言葉が一語一語はっきりとした。

「先生のところでは、呼吸停止に対して、迅速に気管内挿管、対応をしていただいた。低酸素脳症もなかったと思います。やはり、血腫による圧迫が最大の原因です。むしろ、正しく診断処置していただいて、こちらにまわしてもらった。これ以上は無理でしょう」

池杉は無言で、厳しい顔のまま、近藤に頭を下げた。

秋山は二人の医師を見て、あきらめたようなため息をひとつ吐き、また宙に目を戻した美代子の額に、そっと手を当てた。

「小山看護師があやしい、と言うのか、祥子は」

乱風は落ち着いた声で答えている。

「短時間で、誰も気づかない空白の時間に、誰かがアルコールや泥水を患者に注入した。悪魔の所業だ。患者さんの症状や、容態の変化を科学的に分析すれば、僕も賛成する。しかし……」

乱風の声を祥子は待っている。

「アルコールは、ちょっと置いておいて、泥水と敗血症の件だが、点滴したのは抗生剤だけか」

「そう。肺炎の可能性を考えて」

祥子は薬剤の名前を言った。

「なるほど。その薬が汚染されていた可能性はないか」

「あ」

祥子にしては、珍しく緻密な思考から抜け落ちていた。やはり、二週つづいた悔いの残る患者の死が、祥子の正常な判断の一部を妨害していた。

「でも、そうなると、その抗生剤のうち、使った一バイアルだけが汚染されていたということなの？　同じロットのほかのバイアルも、全部まずいんじゃない」

「ごく稀だが、わずか一つだけが汚染されていたと断定された事件が過去にある。

製造過程で汚染されたのか、誰かが故意にその一つだけを汚染させたか、ついにわからなかったけどね」

「バイアルの薬剤を溶かして、点滴に詰めるときなんかは？　一番汚染させやすいんじゃない」

「抗生剤の粉末を汚染水で溶かしたという可能性だね。それも調べられたはずだと思うが、捜査内容の詳細までは覚えていない」

「安永病院のように、点滴ルート使い回しとか……それはないか」

「あの日以後の点滴では、そんな事故は起こってないんだな、池杉病院では」

祥子は唇をかんだ。

「それはわからない。私、もう池杉病院に行ってないから」

「え？　初耳だぞ」

「ごめん。言いそびれて。当直クビになったなんて、私は何とも思っていなかったんだけど、乱風と話していると、つい」

「あっちゃー。どうしてクビに」

「院長先生の逆鱗に触れたのよ」

祥子は院長が直々に、佐治川のところに乗り込んできたことを話した。

「あれま。そんなこと」

「代理、捜しているんだけど誰もいないって、医局長が困ってらした」

「ハハン。それ、佐治川教授はしばらく祥子の代わり、出さないかもよ」

「どうして」

「祥子のミスじゃないだろ、死亡した二人。僕が聞いたところでも、初めから見抜くのは無理だよ。ましてや今では、誰かの悪魔のような意図まで感じられるようになってきた」

「………」

「教授がそこまで疑っておいでかどうか知らないけれど、まあ、それはないとは思うけど、自分が最も熱い期待を寄せている祥子をケチョンケチョンにけなされて、自分のプライドも傷つけられたのはまちがいない。頭にきてるんじゃないか」

「………」

「佐治川教授が池杉院長と祥子のどっちを取るかと言えば、決まってるじゃないか」

祥子が黙っているので、乱風は焦れた。

「祥子に決まってるだろう」

まだ祥子の声がない。

「モシモシ。祥子、聞いてる?」

電話を握り返す音がした。

「だから、佐治川教授、シャクにさわって、しばらく池杉院長にお預け食らわしてるんだろ」

「でも、そんなことしたら、せっかくの当直の枠がなくなっちゃうかも。争奪戦、激しいのに」

「そんなもの、どうにでもなる。とまあ、僕はそう思うけど」

それにしても、と乱風は言葉を重ねてきた。

「よほど祥子をクビにしたかったと見える。ほかに何か、院長の気に入らないことしなかった?」

「何も思い当たることはないわ」

「言い寄られたのをピシャリとはね」

返した、乱風の声に祥子の声が絡まった。

「何、言ってんのよ、乱風。バカね」

「ありうるぜ。僕は毎日、心配してんだから」

「こっちにそんな気、ありません」

「当たり前だ。あったら困るよ」

「乱風こそ、街のキレイなお姉さま方に、鼻の下……」

「は伸びない。いかんなあ、祥子。しばらく会えないと、こうもなるものか。これはイカン」

イカン、イカンと乱風は風のように繰り返した。

「学会は来月だったな。そのときは、何が何でも」

「私は大丈夫よ。乱風こそ、事件で会えないなんてこと、絶対なしよ」

「祥子。いっそのこと、僕のマンションに泊まるってのは」

「そうか、それはいいアイディアね。わかったそうする。東京に泊まることばかり考えてたけど、そうだ、乱風の部屋があるじゃない」

「宿泊料も浮くよ」

「私、助教になったから、出張の申請して、交通費宿泊費は出ると思う。乱風のところに泊まって、宿泊費浮かせたら、まずいのかな」

「正確にはまずいかな。でも、宿泊先の確認まではしないよ」

「そっちもそうなのね」

「ま、この話、盗聴でもされていたらヤバイから。知らぬ存ぜぬ。この世はすべて風まかせ」

池杉病院で点滴にその後何か問題が起こっていないか、小山看護師に訊いてみると祥子は言った。

小山と話せば、彼女に対する祥子の疑惑にも、何らかの答えが出るだろうと思った。

11

秋山美代子を見舞って、患者の容態を見てからも、よほど気になるのか、池杉は二日に一度は近藤院長に、意識の回復状態を尋ねてきていた。

妻の時枝を長い年月にわたって、昼夜付き添い看病介護してくれた秋山美代子には、格別の思いがあるのだろう。

今後は自分が看るからもういい、と秋山看護師を解雇したことも、池杉の気持ちにさざ波をたてているのかもしれなかった。

「全身状態は、ほぼ回復していますし、脳の浮腫もなくなりました。しかし、記憶のほうは、まだ。ご主人からも提案があって、週明けには退院し、あと、ご自宅でご主人が付き添われるということになりました」

「退院ですか……」

近藤の説明に、池杉は気が重くなった。

自分の妻が精神状態不安定で、長く自宅闘病生活を送っている。秋山看護師に全面的に看てもらっていたとはいえ、池杉の心の深いところに沈んで動かない重荷だ。

病人を一人で抱えるのは、精神的にも肉体的にも大きな負担である。

「ご主人、これから大変でしょうね」

「秋山さんは、すでに定年退職されて、時間は自由に使えるからとおっしゃってましたよ」

「そうですか。いや、ともあれ、近藤先生にはお世話になりました」

「いいえ、秋山さんには少し遠いですが、今後、私どもに月一度の診察に来られるということですし、もし何かありましても、当方の病院で責任を持って診察いたしますから」

「秋山さんのご自宅の住所はたしかM市のS町でしたね。また時間を見つけて、お見舞いにでも参じましょう。何しろ、家内がずいぶん世話になった方ですから、私も気がかりで」

秋山美代子は、記憶以外はもとの体に復して、近藤院長の言葉どおり、週明け月曜日、夫に連れられて退院していった。

近藤病院から池杉雄策宛に、秋山美代子が退院したことを通知する手紙が届いたのは、翌日の火曜日だった。

祥子は小山幸代看護師に電話してみた。小山は自宅にいた。

「まあ、先生。先生がいらっしゃらないから、何だか寂しいです。お元気ですか」

「小山さんも、お元気そうで。私は何も変わりありません」

と言いながら、この一週間、いろいろと考え悩んでいる自分に気がついている祥子である。

「当直の先生、次の先生、いらっしゃらないのですか」

「小山さんは木曜日は定期で当直に入ってらっしゃるのね」

「はい。いえ、今まではそうだったのですが」

小山の声が小さくなった。少し怒った声がつづいた。

「私、あの病院、辞めようかと思っているんです」

「え？　どうして。けっこう希望聞いてくれて、働きやすいって、小山さん言ってらしたじゃないですか」

「これまではね。でも、配置替えを言われたんです。外科に行けって」

病院のなかでの看護師のローテーションはよくあることだ。

「新しく内科に、一人若い看護師を入職させるってことで。それに外科のほうでも、外科経験のある看護師が足りなくなって。それで私に白羽の矢が立ったんです」

この歳で外科はきつい。それがイヤだから、内科でうまく回っていたのに、と小山は愚痴った。

「それは……でも、辞めるなんて」

「いえ、ほかにも原因があるのです」

小山の目には、前原さゆりの顔が浮かんでいる。

「ちょっと問題のある看護師がいて」

祥子には何となく察しがついたが、この話は避けようと思った。

「あの、小山さん。私が今日、小山さんに電話したのは、例のＣＯＰＤで亡くなった大澤三千夫さんのことで、少しお訊きしたいことがあったからです」

「何でしょう」

「あの方、ひどい敗血症で死亡したことになっていますけど、私が最初から診察したんです。どう見ても、初診時、それと夜中二時にも診に行っているけど、そんな重篤な状態じゃなかったと思います」

　小山は黙っている。

「直前に点滴した抗生物質ですが、小山さん、何か妙なこと気づきませんでしたか」

「妙なこと？　いいえ、何も」

「どんなふうに調合しましたか」

「先生の指示どおり、抗生剤を添付の蒸留水で溶かして、さらに一〇〇ccの生食（生理的食塩水）に入れて点滴したんです」

「蒸留水に濁りとか、なかったですか。生食はどうでした？」

「いいえ。まさか。混濁でもしていたら、それこそ大変ですよ」

「同じロットのバイアル、それ以後も使っていると思うけど、何も問題はありませんか」

「ええ、もちろんです。何も起こっていませんよ。敗血症なんか一例も。先生……、えっ、まさか」

「大澤さん、四時には急変している。タイミングからみて、入院してからあとに、大澤さんの血液汚染が起こった。それも、五種類も、とんでもない細菌が検出されている。急変する直近に、大澤さんに何かがあったとしか思えないのです」

「何も気づきませんでしたよ、私は」

「あのとき一緒に当直していた中島さんはどうですか」

「あの方も何もないと思いますよ。病院にずいぶん長くいるベテランです。私より長いし、熱心で、十分に信頼できる人ですよ」

「そうね。そうですよね」

「あ、あの先生。まさか、私たちが」

「そんなことは言ってません。言ってないわよ」

祥子は電話の前で手を振った。

「でも、あの急激な変化は、何か特別なことがない限り、説明がつかないのよね」

祥子がつぶやいている声に、小山は電話口で首をかしげた。

倉石先生、頭もよくて、熱心熱血漢と思っていたけれど、自分の診察に自信を持ち過ぎているのかもしれない。大澤さんが外来に現れたとき、すでに敗血症になっていた可能性はないのでしょうか……。

祥子は小山への疑惑を解いていた。何のわだかまりもない、正直かつ円滑な受け答えだ。前原園子についても、訊く必要がないと思った。

「どうしてもわからなかったものですから。私の最初の診断がまちがっていたとしたら、大澤さんの死は私の責任です。きちんと頭の中で整理しておきたいと思った。それで小山さんに、こんな電話をしてしまいました。どうか気にしないでください。抗生剤も汚染があったらと心配したのですが、その後、何もないようで安心しました」

どうも、変なことを訊いて、ごめんなさい、病院辞めたいようなことおっしゃったけど、小山さんくらい熱意があったら、どこでも務まりますよ、ただお体だけは気をつけて……。

祥子は電話を切った。

小山さんじゃない。祥子は頭の一部が晴れていくの感じていた。

「神山烈火さん、六診にどうぞ」

祥子の透きとおる声の途中で、もう烈火は勢いよく立ち上がり、診察室の扉の前まで大股三歩、ひとつコホンと口に手を添えて、襟首から胸への上着をピシリと整えた。

後ろから「あんた、早よ入りなはれ」と蘭子の声が背中を押した。

「先生、こんにちは」

蘭子の声に烈火はいつものとおり、

「先生。予約時間、一時間半も過ぎとるやないか」

と一言吼えて、椅子にドカリと腰を落ち着けた。

「先生。あと、どのくらい患者さん、いてはる」

烈火と蘭子の目は祥子の後ろに積まれたカルテの山へ向いたが、今日は山ではない。烈火は先回予約を取るときに、いつもより遅い時間、それもなるべく後ろにと要求してきたのだ。

「あと五人くらいやな。ほな、先生。診察終わったら、どこぞで。ああ、あの喫茶店がええわ」

外来者用のこじゃれた喫茶室が、診察棟内の少し先にある。

「ちょっと報告ありますねん」

「池杉病院のことですか」

祥子は先月の検査結果をモニター画面に出力させながら、目は数字を追い、口は質問に動いた。

「きまってますやないか。それに」

烈火は祥子に顔を近づけた。祥子の香りを嗅ぐという、自らの欲望もある。

「先生。あそこの当直、辞めたんか」

「はい。クビになりました」

烈火はクビと聞いても驚かない。知っているという顔つきだ。

祥子は烈火に向き直った。

「血液検査データ、まったく問題ありません。胸部CT、こちらも前回と変化なし。手術の痕だけですね。大丈夫です」

「そうですか。ほら、よかった」

後ろで蘭子のホッとした声が、空気まで和らげた。烈火は少し強がってみせる。

「当たり前や。再発しとったら、エライこっちゃ」

烈火は左胸に手を当てて、こちらもホッと一息ついた。

「ほな、先生。あとで」

蘭子が先に、勢いよく立ちあがった烈火がつづいた。

「ちょっと、神山さん。三カ月後の予約」

「わっ。また忘れとった。どうもこのごろ、もの忘れがひどうて、いかん」

「それ、もの忘れじゃなくって、おっちょこちょいなだけでしょ」

「祥子先生、キツイこと言わはるなあ。でも、前回と比べて、ずいぶん元気にならはったみたいやな。ベッピンさんは、いつもそうでないと、いかん」

「はい、予約票」

受け取ったのは蘭子だ。

「あんた。いつまで祥子先生、見てますねん。行きますで」

烈火は祥子にウインクひとつをして、弾む足取りで、扉に突進した。

そのあと五人の患者を冷静に慎重に診察しているあいだは、祥子は業務に忠実、余念はない。

烈火が出て行って一時間後、ようやく今日の診察が終了した。まだ中待合にはポツポツと患者の姿がある。患者を呼ぶマイクの音がある。これも病との尽きぬ戦いの一幕だ。

祥子は烈火夫妻の待つ喫茶室に向かった。途中、白衣を脱いでたたみ、小脇に抱えた。

喫茶室は外から入っている業者の経営なので、病院内にあるとはいえ、感覚的には病院と切り離されている。医師の白衣は歓迎されない。

烈火と蘭子は一番奥の席にいた。祥子に、こっちこっちと手招きをしている。

「先生、昼飯まだやろ。サンドイッチでも。ここのカツサンド、なかなかいけまっせ」

祥子の返事も聞かず、カツサンドとコーヒーが注文された。彼らもコーヒーのお代わりを頼んでいる。

「さてと、何から話しまひょか。そうやな、うん、あの病院、経営はまあまあのようや。安永病院みたいに、点滴ルート使い回しや、期限切れの薬を使《つこ》うとるっちゅうことはないようですわ」

「どうやって、そんなこと」

「そりゃ先生。わしらの手、知ってますやろ。例の隠密潜入作戦やがな。看護師一人送り込んだ」

「ああ」

祥子はうなずいて、ニコリと微笑んだ。

「先生、あのあともう一人、当直の晩に逝《い》ってしもたんやてな。全部、先生の責任みたいな感じで、そか、それで辞めさせられたんか」

「あんた、祥子先生かわいそうやろ、そんな言い方したら」

「あ、いいんです、蘭子さん」

「ほや。こんなことでへこたれる祥子先生やあらへん。このお人は、鉄人やからな」

「あの……」

「ほいでな、あの病院、医者はまああやけど、看護師、あら、あかんで」

「え？　どう……」

「何や一人変なのがおって、そいつ、何カ月か前に入ってきた前原さゆりっちゅう奴なんやがな、こいつ一人に看護師連中、ひっかきまわされとるみたいや」

祥子に敵愾心顕《てきがいしんあら》わに向かってきた前原さゆり。母親を死なせた恨みもあるのだろうが……。

「事あるごとに、先輩看護師たちにケンカふっかけとるみたいやし」

烈火は少し口ごもった。

「先生のことも引き合いに出して、ケチョンケチョン」

「あんた」

「とにかく、若いくせに、えらく偉そうで、しかも仕事はできへん」

祥子に否定する気はない。

「で、こいつがちょっと妙な行動を取りよるらしい」

「妙な行動？」

「それはまだ確実やない。このあと、きちんと確かめてみる必要があるけどな。前原さゆりな、あれ、院長と何か関係あるんやないか」

「えっ？　前原さんと池杉院長が」

烈火は大きくうなずいた。

「あの病院の四階は、院長以外立入禁止やろ。階段もロープでとうせんぼしてある。前原さゆりは、その四階に上がっとったらしい」

「院長室に行ったのですか」

「院長室かどうかは、わからへん。しかし、どう見ても四階に行っとったらしい」

「それ、誰か見たんですか」

「そや、隠密。例の瑠璃やがな」

「やっぱり三塚さんですか。瑠璃さんがまた――」

「うちの身内で看護師の免許持ってるの、あの娘だけやさかい」

蘭子は少し鼻を高くした。三塚瑠璃は、安永記念病院の点滴ルート使いまわし事件でも、烈火と蘭子の命令で、看護師として入職して、病院内を探っている。

「本当にありがとうございます。私のために、いつも皆さんにご迷惑ばかりかけて」

「迷惑なんて思うてへん。気にせんといて。こっちも先生のお役に立ちたいんや」

「本当にありがとうございます」

祥子は深々と頭を下げた。

コーヒーとサンドイッチが運ばれてきて「先生、先に召しあがって」ということで、しばらくは祥子と乱風のその後についての、烈火と蘭子の質問攻撃になった。時にきわどい表現までされて、祥子は目を白黒させながら、昼食を何とか終えた。

「ごちそうさま」

「ま、お二人のことは大丈夫なようやな」

「当たり前やろ。お二人、三国一の花婿花嫁やで」

「そんな言い方、あったか。三国一の花嫁だけとちゃうかったか」

「どうでもよろしい。それより、あんた、話のつづき」

「よっしゃ」

烈火は一度尻を揺すった。

「ほいでな、前原さゆり、どう見ても上に行っとった、と瑠璃の話や。エレベーターの動きでそう思うたそうで、それも一度やあらへんらしい。その気で見てたら、けっこうしょっちゅう行っとる。普通は階段で上がってるみたいで、病棟の端《はし》のを使うとるから、よう見とらんとわからへん。近いうちに、どんな部屋があるのか調べてみる言うとった」

「危なくないですか？　瑠璃さんも無理には」

「そんなことあらへんやろ、病院やで。昔はＶＩＰを入院させとったっちゅう話らしいから。まあ、わしはその看護師は院長に会《お》うてたんやないかと思うとるがな」

「何か院長に話があったのではないですか」

「院長は絶対に他人を四階には上げさせんそうや。話はみんな下でしておる。師長や医者たちも三階までやっちゅうことや」

とにかく確認させる、と烈火は締めくくった。

神山夫妻と別れて喫茶室から出た祥子は、白衣に腕を戻した。

何かと祥子に批判的だった前原看護師が、禁止されている四階に行っていた。院長はいたのだろうか。院長は一看護師が四階に上がったことを知っているのだろうか。知っているとして、さゆりに注意しなかったのか。

入職してまだ数カ月の看護師だ。知らずに四階に上がったなら、あとは注意されたら、二度とはやらないだろう。

しかし、瑠璃が観察していたところによると、さゆりは何度も、人の目が届きにくい階段を使って、四階に行っているらしい。

前原看護師の攻撃的な性格や不審な行動は、祥子が診た二人の死には直接関係のない情報だった。

まだ何も進展しなかった。

12

自宅にほぼ一カ月ぶりに帰った秋山美代子は、相変わらず何も思い出さないようで「ここが私の家？　こんなところに住んでいたの」と言いながらも、夫の細やかな心遣いで、少しずつ落ち着きを取り戻していた。

まだ稔が夫だという記憶は戻っていなかったが、この人が私の夫と受け入れられるまでになってきた。

しばらくは一日じゅう、目が離せなかった。特に変わったこともなく、二週間ほどして稔は会社に出勤してみた。

昼間、何度か電話をかけたが、美代子はもう自分の携帯で話せるまでになっていたし、夫の電話番号を画面に確認し、夫の声を聞き分けて「大丈夫」と返事をしたから、稔も安心して、夕方まで仕事をすることができた。

夜、少しソワソワしながら家の戸を開けて、妻の部屋に入ってみれば、美代子は静かにテレビを見ていた。ほっとした。

翌週の木曜日も何事もなく、稔は会社に出、帰宅し、妻が用意してくれた夕食を摂った。

二、三度池杉院長から電話があり、美代子の容態を尋ねてきたが、何も変化ない、としか返事ができなかった。

「何度もお気づかいいただいて、恐縮です」

美代子が急に辞めさせられて、不快だった気分が、今ではほぐれてきていた。

池杉院長は言った。

「何か家内のことでも思い出していただければ、それがきっかけで、いろいろと記憶を取り戻されるかもしれませんね」

そういえば、美代子のこの十年以上の人生は、池杉時枝と過ごしてきた時間が大半だ。稔は美代子に池杉時枝のことを尋ねてみることにした。

稔自身、池杉時枝についてはほとんど知らなかった。

妻からは、少し精神を病んでいる、池杉病院の先代の院長池杉幸造の一人娘で、病院は婿入りした現院長池杉雄策が継ぐから安心だが、二人のあいだには子供がなく、歩行が不自由で全面的に介助がいる、という程度の情報しか聞かされていない。

時枝は美代子を気にいっていたのだろう。十年以上も、そばに置いていたのだから。

毎日どのような看護していたのか、どのような病状なのか、美代子の介護に時枝はどのような反応を見せていたのか。

美代子が辞めることになったとき、時枝はどう思ったのだろうか。それとも、何も感じることができないほど弱っていたのだろうか。

池杉院長は美代子を見舞ってくれたときに言っていた。時枝は変わらず、いつもの調子だと。

ひどく衰弱しているということでもないらしい。しかし、看護してくれる美代子のことさえ識別できないような状態ではあったのかもしれない。

頭に思い浮かぶことをとりとめもなく、稔は美代子に話していった。何度も何度も繰り返してみた。

最初のころは、誰のことを訊いているのだ、と美代子は無表情だった。そのうちに、ときどき考えるようなしぐさを見せはじめた。

それまで、目は夫の目をじっと見ていたのに、話の途中で遠くを見る視線となって、ゆらゆらと揺れ動くこともあるようになった。

沈黙の時間は、どこかに隠れた記憶を探しているようにも思えた。

その次の木曜日、稔がいつものように出勤し、いつもの時刻に家に戻ってみると、美代子の姿が家の中から忽然《こつぜん》と消えていた。


東京の夜、佐治川教授のおごりで呼吸器内科医局から学会に出席した医員全員、といっても五人ばかりだったが、会場近くのレストランで、にぎやかに食事会が開かれていた。

「みんな、どこに泊まっているんだ」

誰はどこのホテル、自分は実家が千葉で親の家、私は……と最後に祥子は答えた。

「夫のマンションです」

祥子は薬指に指輪をつけている。佐治川はニコニコ顔だ。

「乱風くんのマンション、どこだったっけ」

祥子は住所を言った。

「とすると、ここから一時間くらいか。久しぶりじゃないのか。君たち二人、遠くに離れていて、どうも気になっていかん。彼も今夜は早めに仕事を切り上げているだろう。そろそろ行きなさい」

祥子は時計を見た。九時を過ぎている。

乱風の部屋に着くのは十時半になる。乱風からは、先ほどメールが届いていた。今、会社を出たと。警察関係者は、自分の職場を会社と表現する。

「ありがとうございます。今夜はごちそうさまでした」

佐治川と医局員たちの目が、立ちあがる祥子の麗姿を追っていた。

「うん。じゃまた明日、会場で」

一方、マンションでは、乱風が、部屋の中でソワソワ往ったり来たり、遅いなあ……今から向かう、と祥子から来たメールの着信時刻を何度も確かめ、まだか、まだかと待っている。

アイホールから外を覗き……やがて廊下の向こうに待ち焦がれた女の影が、走らんばかりに近づいてくる。

乱風は満足して、ドアを大きく開いた。

身も心も充足した祥子と乱風が、並んでベッドの上で目を開けていた。午前一時を過ぎている。

「祥子。当直をクビになった池杉病院だけどな、ちょっと調べてみた。院長のことじゃない。祥子に食ってかかった前原さゆりという看護師についてだ」

「前原さんのこと？」

「お母さんの前原園子さんには、ずっとついていたんだったよね」

「そう。ずいぶん心配して」

「で、祥子は前原園子さんの溶血から、アルコールを点滴した可能性があるって言っていたよね」

祥子はうなずいた。ばらけた髪が乱風の胸をくすぐった。

「順調に回復に向かっていた急性アルコール中毒の患者を一気に逆方向、死へ追いやる方法としては、アルコール、実験用でも消毒用の医療アルコールでも、何でもいい、そいつを相当量患者に注入すれば、充分に実現可能だ。ほかの手を使えばバレる恐れも、アルコールではわからない」

「私もそれは考えた。それをやれるとすれば、ずっと付き添っていた前原さゆりさんしかいない」

「ほかに誰かが侵入した可能性は」

「ないと思う。前原さんは、ずっとお母さんについていたと言っていた」

「だろ」

「でも、お母さんよ。そんなこと……」

「その辺は、母一人娘一人だ。何か特別な感情のもつれでもあったとしたら。殺したいほど、憎んでいたかもしれないよ」

「そんなこと……」

「で、前原母娘について調べてみた。こういうことは、こっちではすぐにわかる」

「何か変なことあったの」

「いや、格別妙なことはない。ごく普通の母子家庭。二人の感情の絡みまではわからないけどね。でも、背景は知っていても、損はない」

乱風は起き上がって、デスクからメモを取って戻ってきた。

「前原園子、五十歳。前原さゆり、二十四歳。現住所、大阪府M市W町……。マンションに引っ越したのが、今から半年程前。その前の住所は大阪府S市で、〇大学のすぐ近くに三十年ほどいた。前原さゆりはそこで生まれている」

「二人は、ずいぶん大学の近くにいたのね。さゆりさんのお父さんはいらっしゃらないの？」

「いわゆる私生児だ。戸籍に父親の名前はない」

「亡くなったというわけじゃないのね」

「それはわからない。それで、前原園子さんは、〇大学附属病院の元看護師」

「〇大学の看護師さんだったの。ますます近くにいらしたのね」

「彼女が大学病院で看護師をやっていたのは五年ほど、二十五歳まで。さゆりさんを産んだくらいの年齢だ。出産を期に、辞めたんだろうね」

「そのあとは」

「子どもを産んだということは、当然、男がいたはずだ。生活の面倒をみてもらっていたんじゃないか。以後、無職のままだ。看護師に復帰した履歴は見つからない」

「さゆりさんは？　看護師になって、まだ半年と言っていたけど、今二十四歳なのね。少し遅いわね」

「彼女は高校を出たあと、ブランクがあるな。看護師学校に入ったのが、二十一のときかな」

「苦労したのね」

キツイ目とキツイ言葉。元来の性格なのか、あるいは育った環境が穏やかな世界ではなかったのか。

「前原園子さん、○大学の看護師なら、佐治川先生もご存じじゃないかしら」

「広い大学のことだ。同じ科でもなければ、わからないだろう」

「そうね。私だって看護師さんについて、先生方だって、ほとんど知らないほうが多いって言ってもいいでしょうね」

「そんなところだろうな」

「あ」

祥子、小さな声をあげた。

「もしかして」

「何か気がついたの、祥子」

「前原さゆりさん、出入り禁止の病院四階に行ってたって言ったでしょう。神山さんのところの三塚瑠璃さんが確認してくれた。自由に四階に出入りしているらしい。院長先生のところにも」

「…………」

「池杉先生、佐治川先生と同期でしょう。池杉先生は前原園子さんのことを知っていたんじゃないのかしら。大学で面識があったとか」

「なるほど。偶然その娘さんが自分の病院の看護師として勤務している。しかも、お母さん、知り合いの前原園子さんが亡くなった」

「そう。知り合いだったのよ、きっと。だから」

「祥子」

乱風が急にからだを寄せてきた。

「まさか、大学病院時代、二人が付き合っていた、なんてことないよね。つまり……」

祥子のからだが、乱風の腕の中で固まった。

「前原さゆりさんのお父さんが、池杉先生ってこと？」

「佐治川教授は池杉先生が、先代の院長の奥さん、万里さんだったかな、その人をミスで死なせてしまって、償いもあって、池杉病院の一人娘時枝さんと結婚したって話してくれたんだよね。すべて二十五年前に集中しているな。二人の結婚、前原園子さんの退職、そして、さゆりさんの誕生」

「池杉先生がもしそうだとしたら、二人の面倒をずっとみてきた。娘のさゆりさんが看護師になって、自分の病院で働かせることにした」

「としても、さゆりさんが急性アルコール中毒で運ばれてきたお母さんに、さらにアルコールを追加点滴して、亡き者にする理由は何も見当たらない。僕たち、考えていることがムチャクチャだ」

「ホント。いくら何でもムチャクチャね。でも、何か引っかかるなあ。何か……」

「僕も何か気になる。何か……」

乱風の手が、祥子の大きな乳房をそっと包んだ。

手のぬくもりと、はちきれそうな高まりを、互いに感じながら、二人はいつの間にか、スヤスヤと寝息をたてていた。


翌日の学会会場に佐治川教授の姿を捜した祥子は、口演は聴かなければならないし、共同演者の発表には、会場に控えていなければならないし、何かとせわしない気持ちだった。

一度、会場遠くに佐治川らしい頭頂部を人垣の中に認めたが、すぐに見えなくなってしまって、どこに行ったのかわからなくなった。ようやく佐治川をつかまえることができたのは、夕方、日も暮れようとするころだった。

「先生。先生は池杉先生と同期とおっしゃいましたね」

学会とはまったくかけ離れた祥子の質問に、佐治川は一瞬キョトンとした。

「ああ。今頃どうしたんだ。池杉のところには、君の後任に川崎《かわさき》くんをやっているが、何かあったのか」

「いいえ。先生、前原園子さんという看護師さん、ご存じありませんか」

「前原園子？」

「以前にお話しした急性アルコール中毒で死亡した患者さんです。池杉病院の当直のときに」

「何だって!? 前原園子、前原さんだったのか、死んだの」

「ご存じなんですか。ご存じなんですね」

「知っているも何も。前原園子って池杉の、いや、広瀬の彼女だった看護師だ」

「ええっ!!」

「亡くなった患者、いくつだ。年齢は」

「五十歳です。さゆりさん、娘さんの看護師から聞きました」

「住所は？」

「今はM市ですが、大学病院にいた当時は、大学の近くのS市だったそうです。乱風が調べてくれました」

「あの前原園子にまちがいないな。私たちは、二人は一緒になるものと思っていたんだ」

「まあ……じゃあ」

「前に話したよな、広瀬のミス」

佐治川は声を潜めると、祥子を壁際に連れて行った。

「それが原因で、広瀬は池杉病院の一人娘時枝さんと結婚した。二人は別れざるを得なかったんだ。え？　とすると」

佐治川が何かを考える目になった。

「たぶん前原さゆりさん……年齢も合うんです。ちょうど池杉先生が病院を替わられ、前原園子さんが大学を辞められた時期」

「前原さゆりっていう看護師は、広瀬と前原園子の間にできた娘なのか。前原さん、他の男性とは」

「戸籍では、これも乱風が調べてくれたのですが、ずっと母子のままで、結婚された様子はありませんし、園子さんはずっと無職で、誰かの世話を受けてらしたみたいで」

「広瀬、いや池杉か」

「たぶん、そうだと思います」

「しかし、それが事実として、そのことが何か」

「いいえ。でも、私、どうしても、お二人の患者さんの死亡、納得がいかないのです。私の診断ミスならミスときちんと認めます。でも、どうしても」

佐治川は、しばらく口をつぐんで、祥子をじっと見ていた。

この女医の目は格段に澄んでいる。

「祥子くん。何を考えているのか知らないが、君が疑問に思っていることは、いつもどおり、とことん追いかけてみるといい。私に遠慮はいらないよ。これは乱風くんにも伝えておいてくれたまえ」

祥子は深々と佐治川に頭を下げた。

13

学会を終え、夜は乱風との二人だけの時間に心身を満たした祥子は、大阪に戻って、そのまま大学病院に足を向けた。

週後半三日間、病棟をあけている。会期中に水曜日が重なっているから、外来診察も一回休診していた。

まずは受け持ち入院患者の回診だ。不在中は代理の医師に診療を任せてあるが、どの患者も主治医の顔を見ると、ホッとしたように微笑んだ。

誰も格別の変化はない。祥子まで患者と話をしていて、気持ちが和む時間だった。

蒲田看護師は今日は非番のようで、姿はなかった。ひったくり犯の情報もないのだろう。あれば、真っ先に飛んでくるに違いない。

診療内容をカルテに記載し、ナースステーションにいた看護師たちと、少しばかり言葉を交わしたあと、祥子はエレベーターで一気に病院地階まで降りた。

向かう先は、カルテ保管室である。

ＩＤカードをかざすと、扉が重い音を引いて開いた。

週末の夕方も遅い時間、中には一人白衣の医師がコンピュータの前に座り、電子カルテに目を凝らしているばかりだ。祥子が入っていっても、医師は動かなかった。

少し離れたところの席に腰を下ろし、ＩＤとパスワードでコンピュータを立ち上げた。

画面の中から、死亡患者一覧を選択すると、死者の名前が最近の者からズラリと画面を埋めた。

死亡年月日あるいは名前を検索項目欄に入力すると、ただちに当該患者のカルテが表示され、紙ベースのカルテ保管場所も同時にわかる。

「池杉万里」と打ち込んだ。検索をクリックすると、わずかな時間、砂時計マークが現れたあと、カルテ一ページ目が表示された。

二十五年前といえば、まだまだ電子カルテが今日のように一般に普及していなかったから、当時のカルテをスキャンして取り込んだ画面だけである。カルテを記載した医師、看護師の肉筆、筆跡がそのままに再現される。

めている。

「池杉万里」五十二歳。大阪府M市H町……。

まちがいない。祥子はうなずいて、カルテ保管場所の棚番号をポインターでクリックし、画面はそのままに、席から立ち上がった。

カルテ保管棚はいくつもの区画に分けられていて、死亡カルテは奥の一角を占めている。

すべて電動だ。機械音が空気を揺さぶってくる。

目的のカルテが運ばれてきて、カルテ受け取り口にバサリと音が……するはずが、中途で音が止まってしまった。

祥子はあわててコンピュータの前に戻った。画面に「カルテなし」と赤い文字が、そこだけ鮮やかだ。持ち出し者、日付の項目は空白だった。

コンピュータを使って持ち出せば、自動的にコンピュータ使用者のIDナンバーと日時が記載されるから、おそらくは、このカルテシステムが構築されたとき、今から十五年ほど前になるが、そのときにはカルテが見つからなかったのだろう。

スキャナーでのカルテ読み込みは、準備期間が五年はさかのぼるから、画像としての取り込みは完了していても、カルテはどこかに散逸して、結局カルテラックは空いたまま、という事態は実際上、何件も発生している。

特に死亡患者の場合、カルテ保管義務期間五年を過ぎれば、誰も注意しないし、逆に無用の長物となる。

池杉万里のカルテの実物がなくても、仕方のないことであった。

祥子は本物のカルテはあきらめて、画面に集中している。

池杉万里の胃癌はステージ2。胃全摘術後、化学療法が追加されている。手術後の容態も安定した術後二十一日目から、強力な抗癌剤による治療開始の記載があった。

中六日は休薬。事故は二十八日目、抗癌剤開始から一週間が経った日に起こった。

同日は最初と同量の抗癌剤の二回目を点滴投与している。カルテには正しい薬剤量が記載されていた。

しかし、次の一ページは、患者の急変に応対する救命蘇生の内容、考えられる限りの処置を記す文字でぎっしりと埋まっていた。

そして……午後八時二十八分死亡。

死因：胃癌

抗癌剤投与後の急死だから、何らかの過失、あるいは医療過誤があったかもしれないが、一切そのことには触れられていない。

看護記録には担当看護師二人の名前があり、筆跡が二種類混じっていた。その記録を読んでも、広瀬医師が記載したカルテ内容を再確認できただけで、何も新たな事実は浮かんでこなかった。

抗癌剤の投与量をまちがったらしいと、佐治川教授は言っていた。

祥子はカルテのページを戻してみた。

「この抗癌剤なら、記された分量で何も問題はない」

広瀬が書いた抗癌剤のミリグラム数、数字にまちがいはない。

実際に点滴を用意するときに、薬剤の量をうっかり誤って、例えば十倍量を入れてしまったということも考えられる。

万里に使用された抗癌剤は別の投与方法として、通常の十分の一量を、他剤と組み合わせて使うことがあるから、そのことが頭にあれば、逆のことを考えてしまった可能性もある。

うっかりして……祥子は唇をかんだ。どうしてもうっかりミスは避けられない。気を引き締めなければ……。

祥子は神経を画面に戻した。もう一度、初めから隅々まで目を通してみた。それこそ、染みから汚れまで目を凝らした。

何も新しい事実は見つからなかった。遺体解剖の記録もない。

池杉万里のカルテは、「死因：胃癌」の一行で、完全に終わっていた。


祥子たちが学会に出かけているころ、秋山美代子は夜の道をトボトボと歩いていた。

池杉時枝の名前に、かすかに覚えがあった。夫の稔が何度も何度も繰り返して、美代子に話した名前だった。

自分は、この池杉時枝の世話を十年以上もやってきたという。最近解雇されたが、いつも自分は、この女性のことを気にして、夫と話を交わしていたという。はっきりとしたわけではなかった。しかし、美代子は記憶が少しずつ再構成されていっているように感じていた。

木曜日、夫がいつもどおり週一回の勤務に出かけた午後、自宅の電話が鳴った。夫は携帯にしか電話をしてこない。電話はしつこく鳴りつづけた。

取ろうか取るまいか、迷った挙げ句、美代子は勇気を出して、受話器を持ち上げた。固定電話に手をあてたのは、病院から戻って初めてだった。

「もしもし」

「秋山美代子さんですか」

女性の声だった。美代子は少し力を抜いた。

相手は何かいろいろと話をしてきた。美代子には、繰り返される池杉時枝の名前だけが、次第に頭のなかにひろがっていく気がした。

何分、相手の話がつづいたか。美代子のあいまいで脈絡のない返事に、相手はあきらめたように電話を切った。

しばらく美代子は電話の前に佇んでいた。

どこかで池杉時枝さんが私を呼んでいる、そんな気がした。美代子はそのまま、何も持たずに家を出た。

退院後は夫と一緒でなければ出ていない外の景色は、美代子には何を意味するでもなく、足は記憶のなかに閉じ込められた、十年以上も通い慣れた道を自然と辿っていた。

夕闇が街の灯を呼ぶなか、美代子は長い道のりを歩いていた。自転車で走れば三十分の距離も、歩けば三倍四倍はかかる。

何となく見覚えがある、この景色……背に山の影を抱き、樹木の大きな囲い込み、中には立派な建物、お屋敷……が……あった……。

美代子は何かホッとする自分を感じていた。

ああ、あの部屋。あの角のところ、灯りがほんのりと点っている。

あの光。あの影の形。見覚えがある。

門柱の表札は「池杉」。ここだ。この表札、何度も目にしたはずだ。美代子はベルを押してみた。そして、返事も聞かず、門扉《もんぴ》に手をかけた。以前の身体の流れ、そのままだった。

池杉時枝の看護に来るときには、いつもベルをひとつ鳴らし、それが来たという合図になる。門を勝手に開けて中に入り、玄関入り口まで一直線だ。

でも今日は……美代子は玄関灯の下で躊躇した。

私、入っていいのかしら。もう、入っちゃダメだったのでは。

解雇された記憶は戻っていない。心のなかによどんだ汚泥のようなしこりが、美代子の足を止めた。

音をたてないように、建物の脇に回ってみた。先ほど見えた角部屋の灯火が、奥にひろがる先の闇に浮かんでいる。美代子はそろそろと歩を進めた。

大阪の街、市街の低い騒音が、美代子の右半身に重く感じられる。が、音だけだ。光は樹の陰で遮られている。

目の前の明るさが、少しずつ強くなってくる。

窓から流れる白色の光。ずいぶん明るい。こんなに明るかったかしら。

時枝さんは、あんまり明るいのを嫌って、穏やかなオレンジ色の照明が好きだった。

え、私、いま時枝さんって言った？　部屋の照明のこと、言った？

美代子は窓枠に手をかけて、そっと頭を持ち上げてみた。

中に人の気配がある。暗闇を進んできた目に、光は少し強かった。

部屋のなかに大きなベッドが一つ……。あった。何となく覚えている光景。そう、あのなかに時枝さんは横になっていた。

淋しい目、定まらない目。少し開いた口。青白い顔。

ベッドにいない。どうしたのかしら。時枝さん、どこに行ったの？

美代子はつぶやきながら、まだぼんやりとした澱みが、頭のなかを漂っている気持ちだ。

この光景を、きっと私は知っているに違いない。でも、あのベッドの上には時枝さんが、池杉先生の奥様がいらしたはず……。

ガタリと中で音がした。黒い人影がにゅうと、室内の光を遮った。美代子は窓から手を離して、後ろに一歩二歩下がった。

窓が開いた。人影が上半身を突き出してきた。

「秋山さん、秋山美代子さんね」

美代子は、自分の名前を呼んだ女性の顔を見ようと、少し体を横にずらした。

美代子から自然に声が出ていた。

「奥様。奥様なのですか」

影の形がゆっくりとうなずいて、腕がさしのべられた。

「お元気になられたのですか。歩けるようになられたのですね」

光と闇のなかに、二人の女性が絡まった。

秋山稔は一晩じゅう、妻を捜していた。夕方四時ごろ、家から出て行くのを見かけた近所の人の話だと、何も持たずに、あちらの方向に歩いていったということで、とにかく近辺を捜しまわったのだが、どこに行ったのか、皆目わからなかった。途中、何度か家に戻ってみたが、結局交番に駆け込んだのが、夜も更けて十一時ごろだった。

携帯電話は置きっぱなしで、着信履歴を見ても、稔からのものしかなかった。もちろんメールのやり取りもない。新しく買った財布は、いつも美代子が入れている引き出しに置かれたままだ。一人フラフラと、どこかを彷徨《さまよ》っているに違いなかった。

近藤病院に連絡したが、来ていないという。

念のためにと池杉病院にも電話をかけてみたが、病院にまだいた池杉院長が、それはご心配なことです、あのお体ですから、帰り道がわからなくなったのかも、と同情する声を返してきた。

秋山美代子が、どこかで保護されたという報せもなかった。

一日が経ち、二日目が暮れても、秋山美代子は見つからなかった。

14

祥子の携帯が着信音「ラデツキー行進曲」を鳴り響かせた。乱風……じゃない……画面には神山烈火と出ている。

日曜日の朝、今日は久しぶりに何もすることがない。池杉病院のことが気にかかるが、ゆっくり朝寝坊と、ベッドの中でゴロゴロしていた祥子の耳に、烈火の声が爆発した。

「先生。今日、どっかで会えまへんか」

「何かあったのですか」

「例の前原さゆりっちゅう看護師、やっぱり、あれ、院長とできとるんやないか」

「はい？」

祥子は頭のなかの整理に、わずかな時間しかかからなかった。はっきりと目が覚めている。

「瑠璃が奴のあとをつけましたんや。どこに行きよったと思う?」

「院長室じゃないんですか」

「そんなん前からわかっとるがな。いいや、もっと本家本元や。池杉院長の自宅や」

「院長先生のご自宅?」

「せや。M市の」

やはり、前原さゆりは池杉院長の娘に違いない。瑠璃さん、ありがとう……。

烈火の声がつづく。

「何や、先生。黙ってもうて」

「あ、いいえ。神山さん、どうもありがとうございます」

「へえ」

「でも、さゆりさんが池杉院長の愛人というのは違うと思います」

「え? なんでや」

「たぶん、娘さんだと思います」

「はあ? 娘?」

おい、蘭子。祥子先生、変なこと言うてはるで、と烈火の電話から遠ざかった声が聞こえた。横に蘭子もいるらしい。

携帯を持つ手が代わる音がした。

「もしもし。先生、蘭子です。おはようございます」

「おはようございます。いつも、いろいろとすみません」

「前原さゆりが池杉院長の娘って、どういうことですねん」

祥子は乱風が調べてくれた内容と、二人で考えたことを蘭子に話した。

「へえ、そんなことが。それなら、あの看護師が院長室に入りびたってたことも、話が合うわ」

「でしょ。でも、さゆりさんが院長先生のご自宅へねえ。たしか院長先生の奥様、ずっとご病気だとかいうことですよ。お子様もいらっしゃらない。ああ、そうか。さゆりさんを誰かお医者さんと一緒にして、病院を」

「そやけど、奥さんのほうは、普通いやがらはるで、そんな関係。前から知ってはったんやったら、奥さんも受け入れはるかもしれんけど。急に院長の娘や言われたら」

「奥様がご存じなかったとして、娘だということも言わなければ、どうかしら。余計な軋轢《あつれき》を避けるために」

「何や、しっくりけえへんな。あの看護師、病院でも鼻つまみもんやで。そうか、院長も自分の娘やから」

蘭子は電話の向こうで納得している。おい、わしにも替われ、と烈火が携帯に手を伸ばしている様子だが、蘭子は無視している。

「それにな、祥子先生。今度お宅から当直に来た若い医者、ちょっとイケメンやろ」

「川崎先生ですか」

「そう。その川崎先生に、さかんに色目つこうとるみたいや」

「はあ……」

烈火が携帯をひったくった。これ、わしの携帯やで、と蘭子に文句を飛ばした口で、

「祥子先生、どうします。さゆり看護師、このまま、ほっときますか」

「他人の人生、こちらがとやかく言うことじゃありませんし」

「しゃあけど、どうも納得いかん」

「何が？」

「瑠璃も言うとった。母親が死んだの、つい一カ月ほど前のことやで。死んだと

き、先生にも食ってかかったんやろ。何や死んでしもたら、えろうドライやな」

「死んだ人は帰ってきませんし」

「それにしても。先生、お母さん死んで、たったひと月でっせ」

「それは……」

「まあ、ええわ。とにかく、もう少し見張ってみますわ」

今日どこかで会えないかと最初に言ったことを、電話で用件がすんでしまったためかどうか、忘れたように烈火はさっさと切ってしまった。


木崎《きざき》ミスエ看護師は外科病棟勤務で、まだ大学病院に勤めていた。

呼吸器内科の倉石です、と相手が名乗ったときには、これまでほとんど顔を合わせたこともなかったから、わざわざ胸のIDカードに、倉石祥子の名前と所属科、顔写真を確認したくらいだ。

写真より実物のほうが格段にキレイ、こんな美人先生、うちの大学病院にいたんだ、と少し目を大きくしていた。

木崎は副師長の地位で、現在第一外科病棟所属である。三十五年の勤続のあいだに、第一外科、第二外科、整形外科、形成外科と外科系看護師を歴任している。

「何のご用でしょうか」

はるかに年下の若い美人女医に見つめられて、木崎はデンと構えている。

「今日、お仕事終わりましたら、少しお訊きしたいことがあるのです。診察棟の喫茶室ででも、お時間いただけないでしょうか」

「何のお話ですか」

「昔、外科におられた池杉先生、旧姓広瀬先生のことで、ちょっと」

「広瀬先生……ああ。でも、先生のことって、何ですか」

「私、池杉病院に当直医として派遣されていたのですが、ここで立ち話もなんですから、お願いします。六時でいいですか」

——ということで、白衣を脱いだ祥子は喫茶室でコーヒーをすすっている。

木崎は約束の時間に五分遅れて、姿を見せた。

「コーヒー召し上がります?」

コーヒーが来るまでのあいだ、祥子は長年の勤務をねぎらいながら、木崎の経歴を聞き出していた。

「あと三年で、お役御免です」

「大学病院にささげた人生ですか。すごいですね」

「先生。それ、言い方まちがってる。大学にささげた人生じゃありません。患者さんにささげた人生です」

すみません、と祥子は厳しくも穏やかな顔つきの大先輩、木崎ミスエに頭を下げた。胸の内が熱くなった。

患者さんにささげた人生……見習うべきものが、どこにでもある。

「それで、広瀬先生のことをお訊きになりたいとか」

コーヒーを一口すすった木崎は、澄んだ目を祥子にあててきた。

「覚えていらっしゃるかどうか、池杉万里さんという患者さん」

「池杉万里さん」

木崎の目が遠くを見て、すぐに瞳孔が縮んだ。

「広瀬先生の患者さんね。覚えていますよ、よく」

木崎はしばらく記憶を呼び戻しているようだった。また一口コーヒーを味わうと、祥子に質問を促した。

「私の上司の佐治川教授と同期で、佐治川先生から広瀬先生のことを、少し伺いました。池杉万里さんの抗癌剤の投与量をまちがえて、死亡に至らしめたとか」

「それはそうなんですけどね」

木崎は微妙な言い回しだ。

「よくわからないんです。広瀬先生、本当に量をまちがったのかどうか」

「どういうことですか。カルテにも抗癌剤の量は書いてありましたが、正しい量だと思います」

「何を調べているんですか、倉石先生」

「あ、いいえ、気になさらないでください。今、よくわからないとおっしゃいましたが、木崎さんは患者さんの蘇生処置にも付き合っておられますよね。看護記録に木崎さんと、もう一人、今井《いまい》さんという看護師さんのお名前がありました」

「今井さんは退職されて、ご不幸にも」

「亡くなられたのですか？」

「病気で、早くに」

「それはお気の毒に。それで、広瀬先生が投与した抗癌剤の量は？」

「あとで薬剤部が調べたんです。もし量をまちがったのなら、重大な医療事故でしょ」

「…………」

「そうしたら薬剤は、格別多く使われた様子がなかったんです」

「え?」

「だから、投与量をまちがったというよりは、薬そのものによるアナフィラキシーショックのようなものか、何かではないかと」

「だとすれば、広瀬先生に責任はないと思いますが。佐治川教授からは、責任を取って、万里さんの一人娘の時枝さんと、ご結婚されたと伺いました」

「そんな感じでしたね。そういえば」

「当時、広瀬先生には、お付き合いされていた看護師がいらっしゃった。前原園子さんという名前の、ここの大学病院の看護師さんです」

「本当に、何かあったのですか。よくご存じですね」

「前原園子さん、池杉病院で亡くなりましてね」

「まあ」

「急性アルコール中毒だったのです。診たのが私なんです」

「それはまた」

何となく木崎は祥子の質問の理由を、自分なりに納得してしまった。

「佐治川教授は、広瀬先生が前原さんと一緒になるものと思っていたとおっしゃってます。広瀬先生は池杉時枝さんと結婚されて、大学を辞められている。ずいぶんショックだったんじゃないかと思います」

「前原さんのことまでは、私はよく存じません。別の科の看護師だったのでしょう。外科じゃ、そういう名前の方、覚えありませんでしたから」

祥子は自分で逸らした話をもとに戻した。

「アナフィラキシーショックか……広瀬先生は投与量をまちがえたわけではないのですね」

「と思います。ですが、池杉万里さんのご主人、池杉病院の当時の院長先生でした。名前までは忘れましたが、この方が、ずいぶん広瀬先生を責められて。薬をまちがったんだろうとか、量が多すぎたんじゃないのかと」

「先代の池杉院長が……」

「医局にも乗り込んでいったみたいです。あそこまで言われて、とうとう私たちも広瀬先生が何かミスをやったのではないかと思ってしまいました。アナフィラキシーショックといっても、確証があるわけではありませんでしたしね。広瀬先生、間もなく大学を辞められた。そのすぐあとでしょ、結婚されて、池杉病院に移られたのは」

薬剤投与にミスがあったのかどうか、わからないままだったが、広瀬医師が自分の責任を感じて、池杉病院を継ぐことを決心したのはまちがいのないことのようだった。

15

M市警察白鳥《しらとり》警部は妙なことになったと、宙に答えを求めるかのように、目玉を泳がせていた。

O市内でひったくり強盗に遭って、頭部打撲、硬膜外血腫で死線をさまよい、一命を取りとめた秋山美代子が、自宅に帰ってから、しばらく静かな療養の日々を送っていたのだが、今度は行方不明になったというのだ。

捜索願の届け出があった。

頭部血腫除去術後の患者で、記憶回復が充分ではなく、事故に遭遇する危険性もあったから、各方面への手配は怠らなかった。

やがて、ひったくり常習犯が逮捕され、次々と犯行を自供していったのだが、そのなかに秋山美代子襲撃は含まれていなかった。

捜査員が、O市のこれこの場所でこの時刻に、自転車に乗った六十歳の女性、と尋ねても、ひったくり犯は覚えがないと否定した。

しかもその時刻、犯人のアリバイが証明されたのだ。別の場所で別の女性を襲って、犯行におよんでいた。南三丁目交差点近く、犯人を追おうとした蒲田駿が被害者の自転車に引っかかってケガをした場所だった。

秋山美代子が発見された場所からは、少し離れたところである。

「そうなると、犯人は別にいることになる。ひったくりも、果たしてそうかどうか」

意識不明で倒れていた秋山美代子に気がついた乗用車の運転手は、走り去るバイクのテールランプを見ている。

O市警察管轄と協力して、秋山美代子の行方を捜索したが、まったく成果はなかった。

記憶をなくした女性なので、帰り道がわからなくなり、どこかに迷い込んだことも考えられたから、全国に照会された。

どこからも返答はなかった。

祥子の携帯から「ラデツキー行進曲」が流れてきた。画面には神山烈火の名前が出ている。このところ、よくかかってくる。

「祥子先生。えろうおもろいこと、わかりましたで」

烈火の声が弾んでいる。

「瑠璃が見つけましたんや。何やと思います」

祥子には想像もつかない。

「院長室」

「え」

「池杉院長室ですがな」

「まさか、前原さゆりさんと院長先生が」

「何アホなこと言うてますねん。父親と娘や、そんなこと……ま、変なやつもおるさかいに父娘で……わしまで、何言うてるんや。先生、ちゃう、ちゃう」

祥子は顔を赤らめた。私も何を口走ったのだろう。

「院長室にな、おもろいもん、ありましてん」

「それって、瑠璃さん」

「カタイこと、言いっこなし。瑠璃が合鍵使《つこ》うて院長室にしのびこんだなんて、言うてまへんで」

「今、言ったじゃない」

「まあ、聞き流しといて。何も盗るつもりあらへんし。でな、瑠璃が見つけたもんちゅうのはな、院長室の壁に、十字架が刺さっとりましてな」

「十字架」

「ほい。その十字架でな、カルテが一冊、磔《はりつけ》になっとったとしたら、先生、どない思います」

「カルテを磔ですか」

「そや。ほんでもって、誰のカルテやったと思います」

「誰って」

「先生。今日は珍しく、頭まわりまへんな。こりゃ、どうも失礼なこと言うてすんません」

烈火は、今日はどこか一人でいるところから、電話をかけてきているらしい。蘭子の気配が感じられない。

「で、誰のカルテかというと」

もったいぶって、コホンとから咳をひとつ、烈火は携帯から顔をそむけて放った。

「池杉万里って書いてましてん」

「池杉万里さんのカルテ!? それって、池杉院長が大学病院で」

「わしも知らなんだ。瑠璃が妙に思って、気取られんように、師長にそれとなく訊いたそうですわ。今の池杉院長が大学病院で診ていて、薬の分量まちごうて、殺してしもた」

「殺しただなんて」

「ま、言い方はどうでもよろしおま」

「どうして池杉院長が、万里さんのカルテを磔にしたりなんかしたのでしょうか」

「どう見ても、自分が手にかけた人を弔ってるって様やありまへんな。磔や。獄門や」

「何か恨みを持っているということね」

「ちゅうことでっしゃろな。祥子先生の悩みを解く手がかりになりまへんやろか」

「悩みって。患者さんが亡くなったことは、私のなかでは、まだ整理がついていないけど」

「もうひとつ、瑠璃が見つけたことありますねん」

「瑠璃さん、大活躍ね」

「ほんまは、わしが隠密捜査やりたいところやけど、この格好では無理は百も承知ですわ。名優の活躍の場、あらへん。蘭子かてあのとおり、トウの立ったオバハンやし、潜入捜査は不可能や」

やはり烈火は独りだ。蘭子が今の言葉を耳にしたら……その先を祥子は考えないことにした。

「院長室と並んで二つ部屋があり、一室は以前は病室で、ＶＩＰを入院させていたらしいんやが、もうひとつが女性用の部屋になっとったっちゅうことや」

「女性？　院長の奥様用なんてこと、ないわね」

「前原さゆりの部屋や」

「えっ!?」

「瑠璃と同じ年代や。使う化粧品やら何やら、さゆりから匂う化粧品のにおいと同じ部屋のにおいやそうや。ピアスとか、いつもさゆりが身につけとるもんがあったっちゅうことや」

「四階の一般人立入禁止のところに、さゆりさんの部屋が」

「愛人やないとすれば、やっぱり祥子先生の言うたとおり、父と娘っちゅうことやな」

「四階に自分の部屋をねえ。誰も気づいていないのね」

ピシッと、祥子の脳のなかで鋭い音がした。

「まさか……あの娘……」

「どないしましたんや、先生」

「前原さゆりさんが院長室の隣に、自分の部屋を持っていたことを聞いて、私、思いついたことがあります」

「何です？」

「神山さん。もう少し、つづけて調べてくれませんか。前原さゆりさんの行動、逐一見張っていただきたいのです。二十四時間」

「そんなことが」

乱風は祥子から池杉病院四階の院長室と、前原さゆりの部屋のことを聞いて、何度もうなっていた。

「四階にいたなら、大澤三千夫さんのとき、ひそかに三階の病室に下りてきて、血液を汚染させることができるわ」

「汚水を点滴の横から注入、ということだね。数秒もかからない」

しかし、と乱風は口ごもっている。

「祥子の推理じゃ、その前の患者、前原園子さんのときにも、同じタイミングでアルコールを注射したということだね。こっちの場合は、本人が患者に付き添っていたのだから、やるのは簡単だが」

「そう。でも実の母親を殺害目的で、というのがどうしても」

祥子は言いよどんでいる。感情の確執があったとしても、そこまでやるか……。

「それに、あの晩、お母さんが急性アルコール中毒で運ばれてくるなんて、わかるわけないし」

「いや、もし、もしもだよ、我が母親を亡き者にしたいとして、アルコールをたっぷり飲ませて、病院の近くに放置すれば、どうだ？　計画的にだ」

「救急隊が池杉病院に運んでくるのは、まちがいないところね。そして、追加でアルコールを注射した。でも、それは変よ」

「前原さゆりは何時から当直に入っていたんだ」

「看護師は、あの病院は二交替制だから、夕方の五時には病院に来ている」

「前原さゆりは、初めからいたんだろうね」

「それはまちがいない。最初の硬膜外血腫の患者が運ばれたとき、七時ごろだったかな、彼女ちゃんといたから。前原園子さんは九時ごろ搬送されてきた。急性アルコール中毒になるほど飲んでいるあいだ、さゆりさんは病院にいたわ」

「第三者がやった可能性は？　飲ませるのが無理なら、アルコール点滴でもいいぜ」

「点滴って。じゃあ、どこかに針の跡があるはずよね」

そんなもの、どこにもなかった……。

祥子の目が宙空に、あのときの場面を浮き描いている。

点滴するとすれば、腕、手、足……前原さゆりが右のひじ、小山幸代が左手首、
祥子が点滴の指示を出したときには、もう右腕に取りついていた。

さゆりは「おかあさん!!」と叫んで、すぐさま右腕に点滴を入れようとした。

そして、刺入《しにゅう》に失敗した。貼り付けた絆創膏に、血液がにじみ出てきていた。

元に戻したシャツのひじのところにも、血の染みがひろがっていた。

祥子はしばらく沈黙を強いられた。正確にあのときの場面を再現するのに、脳細胞がフル回転している。

乱風の声が、もしもし、もしもし、どうした祥子、と耳から耳へ通り抜けてきた。

「ああっ」

祥子は叫んだ。

「もしかして……もしかして」

祥子は一度口を閉ざして、いま思いついたばかりの推理をまとめてみた。そして一気に乱風の耳から脳に流し込んだ。

「ううむ」

乱風はうなるばかりだ。乱風の脳細胞も、祥子の推理に賛成の手を上げている。

「アルコールを先に点滴した。右ひじから。殺害目的か。で、救急搬送されたときには、死亡していることを期待したが、まだ生きている。しかも祥子の正しい処置で、患者はどんどん回復してくる。焦ったさゆりは、再びアルコールの点滴をひそかに追加した。たとえ小山看護師に見られても、通常の点滴の中身を入れ替えておけば、透明だ、わかるはずもない。でも、誰が前原園子に、最初のアルコールを点滴したのだ。さゆりが母親殺害を意図したとして、誰が共犯なんだ。点滴のできる人物、通常なら医療職にある人間だ。そんな人間が、まわりにいるのか。誰なんだ」

とんでもない推理の展開になった。

「まさか院長じゃないだろうね。院長は病院にいたのか」

「そんなことわからない。外来夜診が終わったら、四階の院長室に戻るか、家に帰るか」

「しかし、極めて変だな。院長も前原さゆりも、前原園子を殺害する動機が、さっぱりわからない」

その夜の二人の電話は、時には思考が停止、時には同じところを堂々めぐり、いつ終わるともなく、つづいていた。

16

探偵推理ばかりしているわけにはいかない。診察の水曜日、気管支内視鏡検査は月曜日と木曜日、入院患者と研究は毎日、と気を抜く暇がない。

前原さゆりに強い疑いを抱いたとしても、殺人となれば、共犯者まで必要となってくる。

「いまだ推測の域を出ない。確たる証拠もない」

乱風が嘆いた。祥子も神山烈火に依頼した調査に期待する以外にない。

外来診察には、呼吸器疾患の様々な患者がいる。

「千林《せんばやし》さん。しばらくお見えじゃなかったですね」

患者は肺癌の術後で、抗癌剤の治療をしながら二年、再発なく過ごしている。最終の外来診察は四カ月も前だ。

一カ月後の予約診察に現れず、祥子は気にかけていたが、四カ月を過ぎて、ようやく姿を見せた千林に、何かあったのか、と尋ねると、患者は頭を突き出してきた。

短く伸びた髪のなかに、皮膚が円弧状に見えている。開頭術の痕と思えた。

「頭、手術されたのですか」

「はい、実は交通事故に遭いまして、車に接触して倒れた拍子に頭を打ちました。そのときは大丈夫だろうと思ったのですが、見ていた人の話によると、警察官の質問に答えているうちに、倒れてしまったみたいで」

病名を訊くと、頭に出血していた、硬膜外血腫とか言われて手術し、血腫を取り除いてもらった、と今は意識も清明、しっかりとした口調で話してきた。

ふと、祥子は一人の患者を思い出した。自分が死亡させた二人の患者のことばかり気になっていて、他の病院に転送した患者の、その後のことはすっかり忘れていた。

祥子は外来診察が終わると早速、近藤脳神経外科に電話をかけてみた。

しばらく待たされて、近藤院長が電話口に出た。女医の声に近藤は、ああ、あの時のと返してきた。

「ええ。少し前に退院されましたよ。順調に回復されてね。記憶だけは、まだ不十分ですが」

「そうだったのですか。どうも申し訳ありませんでした」

「池杉院長がずいぶん気になさってましたよ。あの患者さんね、池杉先生の奥さんに長いあいだついていた看護師でしてね」

「え、そうなんですか」

「今はそうじゃないようですが。退院されて二週間ぐらいだったかな」

「何か、あったのですか」

「行方がわからなくなってしまったのです」

祥子は驚いた。

「行方不明ですか」

「まだ見つかっていません。記憶があいまいなので、フラフラと出かけて、帰る道がわからなくなったということも考えられますが、それなら、どこかから知らせがあってもよさそうなものですが」

警察からも一度問い合わせがあった、と近藤は言った。

近藤院長に話すことではなかった。祥子は自分が抱いている疑惑に、急に秋山美代子の頭部打撲外傷が絡まってきた気がした。

池杉時枝さんの看護についていた看護師さんとは、初耳だった。単なるひったたくりに遭って倒れ、受傷した患者さんだとばかり思っていた。そちらの捜査はどうなっているのだろう。

そして今は行方不明という。体は戻ったとはいえ、記憶はまだ不十分で病人だ。捜索されているのだろうか。祥子は乱風に長いメール送った。

祥子のメールへの返事は、乱風から電話の声で戻ってきた。

「M市警の白鳥警部に連絡をとってみた。祥子の言うひったくり犯だと思うが、先日、逮捕された」

「まあ」

「何でも、犯人逮捕には、O大学病院の看護師、男性だそうだが、その看護師の活躍があったそうだぞ」

「え？　もしかして、蒲田くん？」

「知っているのか」

祥子は手短に蒲田駿看護師のことを話した。

「そうか……。カラーボールを持っていたらしい。蒲田くんが投げたのが見事に命中して、めでたく逮捕となったということだ」

このつぎ病棟で会ったら、是非お手柄の探偵談を聞いてあげなくては、と微笑んだ祥子の耳に、乱風の声がつづいている。

「ところがだ、秋山美代子の件については、このひったくり犯じゃない、との白鳥警部の見解だ。秋山さんの行方は全国照会されているが、まだ見つかっていない」

「ひったくりじゃない……とすると、誰かの意図が？」

「もうひとつ、つながりがあるかもしれないことがわかった」

「何なの？　秋山美代子さん、池杉時枝さんの専属看護師さんだったんだって聞いたわ」

「それだよ。僕も警部からそのことを聞いて驚いた。ご主人の稔さんの話では、十年以上も看護していたけれど、半年ほど前に急にクビになったそうだ」

「何か失敗でもしたのかしら」

祥子は自分のクビを思い出している。

「いや、そういうことではないらしい。以後は池杉院長自身が看ると言ったそうだ」

「娘さんの前原さゆりさんにでも看護してもらおうということかしらね。それもあって、秋山さんを解雇した」

「それはそうかもしれない。しかし、さゆりに関してはどうかな。そんなにやさしいやつか。それに、自分の母親を捨てて、父親が結婚した相手だぞ。まともに看護するとは思えない」

「家のなかゴチャゴチャになりそうね。さゆりさん、池杉院長にも憎しみとかないのかしら」

「それは、あまりないようだな。これまでの話なら」

祥子と乱風が懸念した池杉家の三人の確執は、タイミングのよい翌日の神山烈火蘭子夫婦の電話で、あっさりと否定された。

「あの前原さゆり、このところニコニコとしとるらしい。あいも変わらず、人あたりはキツイけどな。瑠璃とはしょっちゅう、やりおうとるみたいや」

「瑠璃さん、大変ですね」

「何、言うてますねん。さゆりの本性暴くために、わざとたきつけとるんやないか。見ててみ。もうじき瑠璃、クビになるわ」

「まあ」

「それも計画のうちや。隠密捜査のな」

「それで、神山烈火捜査課長としては、今後どうします」

「そりゃ、祥子部長の仰せのとおりに」

「池杉家の状況、どうかしら」

復習も兼ねて、祥子は池杉雄策、池杉時枝、前原さゆりの関係を整理した。

「ああ、うちの若いのに、庭にしのび込ませた。しごく仲がええ。奥方、外に出るのは見たことがないけど、家のなかでは寝てなんかおらへんで。ほんまに十年も二十年も、調子悪かったんかいな」

「変ねえ。池杉院長も秋山さんを解雇するとき、これから自分が、ということだったんでしょう。奥様、どんな病気だったの」

「その辺はわからん。病院にはかかってへんみたいやし。自宅療養ちゅうところやろ」

「そいつは妙だな」

乱風は首をひねった。

「白鳥警部に再度問い合わせてみた。池杉時枝さんは、秋山さんのご主人によれば、何となく精神状態が不安定で、しかも怪我で体が不自由ということだそうだ。そんなにあっさりと症状が好転するとは思えないが、やはりご主人の池杉先生が看護するということで、気持ちが変わりでもしたのだろうか」

「でも池杉先生、相変わらず病院お忙しいみたいよ。前原さゆりさんは池杉院長の家に同居しているみたいだし」

「何だかチグハグだな。どこか、どこかがおかしい気がする」

「案外、時枝さん、さゆりさんを気に入ったのかもしれない。子ども、いないんでしょう」

「わからんな、人の気持ちなんて」

「もう少し、神山さん、見ていてくれるって」

「あのオッチャン、祥子にベタぼれだからな」

ちょっと心配、とは乱風、口には出さなかった。

「母親を殺して、その母親の恋敵のような池杉時枝さんと、そして母親を、気持ちはどうあれ裏切った男と、仲よくひとつ屋根の下で暮らしている。どういう神経なの、この娘」

乱風との電話を切ってからも、独りベッドの上で、祥子は悶々としていた。

乱風が言っていた。

「何かチグハグだ」

そう……私もそう思う。何かズレている。どこかがおかしい。どこをどう修正すれば、この気持ちがすっきりするの。

前原さゆり。あの娘の人格、あの娘の本性。私が感じた前原さゆりの人柄。池杉病院の看護師たちも同じことを思っている。

最悪、二人を殺した殺人鬼かもしれない。私の考えすぎか……。

答えを見つけることができずに、祥子は眠りに落ちていた。

「大阪府M市H町……池杉雄策様方　前原さゆり様」

封書が届いた。裏を返してみたが、差出人の名前はない。

中を開いてみると、何枚かの手紙、A４用紙にパソコンで印字したものだった。封筒も印字だ。

いぶかりながら手紙を読んだ前原さゆりの顔色が、みるみるうちに変わっていった。彼女は手紙を手に、大声を出した。

「おかあさん！　おかあさん！　ちょっと来て」

部屋から飛び出してきた時枝は、さゆりの形相に驚いた。

手紙を読んだ時枝が、さゆりと同じ顔になる。

二つ相似の顔が、震える手のなかの紙束を、何度も何度も見直していた。

「いったい誰⁉　こんな悪ふざけ」

「おかあさん。イタズラじゃないわよ。どうしよう。いったい誰が」

さゆりは、真っ赤な顔で、自分に落ち着けと、ピシャリと頬をたたいた。

「あの女医じゃない？」

「くそっ、あの女医か‼」

時枝とさゆりは、同時に叫んだ。

「待って、おかあさん。私たち、とことん考えたわよね。絶対に大丈夫って。それに、あの女医、切れ者と聞いていた、邪魔者よ。だから、お父さんに言って、うまくクビ切ってもらったんじゃないの」

「証拠はない。二人が死亡した経緯が、見ていたように書いてある。やはりあの女、遠ざけたのに、ここまで」

「あの女医と決まったわけじゃないわよ。それに、おかあさんがいま言ったように、二人はもう灰になっている。実際、見られたわけじゃないから、証拠なんか絶対にない」

二人の女、母と娘は、しばらく目を見合わせたまま、立ちすくんでいた。

来客を告げるチャイムが鳴った。じっと考えこんでいた二人は、ビクンと身を縮めた。

インターフォンの画像は、見知らぬ初老の男性だった。

「どなたですか」

「秋山と申します。以前こちらで奥様のお世話をさせていただいた秋山美代子の夫でございます」

さゆりが時枝を手で制して、自分が出ると言った。

「おかあさんは寝ていて」

時枝が寝室に入っていくのを目で追ったさゆりは、玄関を出て、門のところまで歩いていった。

「どうも、突然に申し訳ありません。秋山と申します」

男は再び名のって、頭を下げた。

「失礼ですが、あなたは」

さゆりは静かに答えた。

「ここの娘です」

「娘さん？　こちらは池杉先生のお宅では」

「そうですけど」

「お嬢様がいらっしゃったのですか」

　さゆりは鼻を突き出した。それが何か、という目つきだ。

「奥様のご容態いかがですか」

　秋山は混乱しながら尋ねた。娘がいたなんて、一言も美代子は言わなかった。

「母は今、休んでおります。たしか秋山さん、もう母の看護は」

「はい。ですが、家内はずいぶん奥様のことを気にしておりました。今日伺いましたのは、家内がこちら様に顔を見せていないかと思いまして」

「はあ？　何のことです」

「家内、頭に怪我をして、記憶を失くしていまして。一週間ほど前、家を出たきり、行方不明のままなのです」

　さゆりは返事をせず、口を閉じている。

「何かご存じないでしょうか。家内から何か」

「いいえ。何も」

「お嬢さんは、ずっとおうちに」

「いえ、父の病院で看護師をしています。とにかく、何も知りませんから。でも、何か気づきましたら、連絡しますから」

秋山から住所と電話番号を聞いたさゆりは、そのあと何も言わず突っ立ったままだ。

秋山は庭から建物を未練気に眺め、何度も振り返りながら、トボトボと背を見せて、立ち去っていった。

17

「ねえ、川崎先生」

「ん、何?」

二人は全裸の肌に汗を光らせている。照明の下に、さゆりは恥じらいもなく、白い姿態を男の目に楽しませている。

向き直って、からだを重ねてきたさゆりの、身長にしては豊満な乳房が、川崎の胸を小気味よく弾いている。

脚は素早く絡みついて、お互いの中心部が密着した。

「先生。先生と一緒になりたいな。そうしたら先生、この池杉病院、それに家も土地も、全部先生のものよ」

川崎はまんざらでもない顔だ。どうせ大学病院にいたところで、教授になれるわけでもないし、なるつもりもない。

とんでもない教授戦のなかで、どこから飛んでくるかわからない敵の銃弾に倒れるつもりもなかったし、大学教授という席への野心もない。

医者をやって、それなりの収入があり、人生、楽しく安泰に暮らすことができれば、それでいい。

さゆりは、医局の先輩の倉石祥子医師と比べれば、頭脳容姿いずれも勝負にならない。としても、若々しくピチピチしたからだは川崎を十分に満足させてくれる。

それに……と川崎は思っている。結婚相手は、そう、この前原さゆりがいい。さゆりから話を聞いて驚いた。池杉院長の昔の恋人の娘で、いずれ池杉姓を名乗り、どれほどあるかわからない資産も彼女のものになる。これくらいの金持ちなら、言うことなし。

そのうち、さゆりに飽きてくれれば、女遊びでも適当にやってればいい……。

「ああ。俺もそうしてもいいと思ってる。ただ、さゆりと一緒になって、この病院を継ぐにしても、やっぱり医学博士くらいにはなっておかないとな。格好がつかない」

「それ、いつごろなれるの」

「今、研究論文まとめてるところ。まあ、医学博士号取るなんて、大したことないよ。クソ真面目にやる必要もないさ」

知ってるか、と川崎は訊いてきた。

「博士号のなかでもな、医学博士ってな、一番取りやすいんだ。それこそ、金で買う奴だっているし」

「聞いたことある」

「ま、そんなことどうでもいい。うまくやりゃ、もうすぐ取れるさ」

さゆりはしばらく川崎の唇を指でまさぐっていたが、急に思いついたような声を出した。

「倉石先生、どうなさってるかしら」

川崎はいぶかる目を下げた。こいつが敬語を使うか？

さゆりの目が覗き込んできた。

「倉石先生にはキツイこと言われて、私もずいぶん腹が立ったし、あの先生、あんまり好きじゃない。でも」

川崎はさゆりが何を言うのかと、目玉だけを動かした。

「今から思うと、私も素直じゃなかった。あの先生の言うことは、患者さんのためを思ってのことだと気がついた。私も反省しているの」

「へえ」

「また、当直に来てもらおうかなあって。いろいろ教えてもらいたいなあって」

「おやおや、どういう風の吹き回しなんだ。さゆりも大人になってきたのかな」

「何よ。いずれ私も院長夫人だし。ちゃんとしなきゃと思って」

「でも、木曜日の当直は、俺が来るんだぜ」

「ほかの曜日でもいい。おとうさんに頼んでみる。それに、私、あの先生に謝りたいし」

そのとき川崎の院内用携帯が鳴った。

「先生。外来患者です」

「わかった。今、行く」

川崎のからだの上から、ゴロリとさゆりが離れた。

「さっさとすませて、戻ってきて」

「了解」

川崎はニヤリと笑って、さゆりの肉体を目でまさぐりながら、手早く身づくろいし、手櫛で髪をひと撫で、乱れを直して出ていった。

エレベーターは一階に止まっている。誰が見ているかわからない。

暗い階段を四階から三階まで一階分下りると、三階の廊下を足早にエレベーターの前まで進み、下行きのボタンを押した。

川崎は、また何となく、からだの中心が硬くなるの感じていた。


「倉石先生。来週の木曜日、どうしても抜けられない用事ができたのです。池杉病院の当直、お願いできませんか」

あれから川崎は、さゆりから、とにかく早く謝って仲直りしたいから、次の当直を倉石先生に代わってもらって、とベッドの中で言ってきた。

「俺が来なくてもいいというのか」

「違う、違う。当直は倉石先生にやってもらって、あなたは私のこの部屋で過ごせばいいのよ」

「当直料、一回損するなあ」

「何よ、当直料くらい。私、当直料より安いの？」

「アハハ。ごめん、ごめん。でも、倉石先生に見つかったらやばいぜ」

「それは、あなた、うまくやってよ」

ということで川崎は金曜日の朝には、祥子をつかまえて、頼みこんでいる。

祥子は思案の顔つきになった。

「知ってるでしょう。私、あの病院、クビになったのよ」

「いや、何でもあちらの看護師、前原さゆりって言ったか、その看護師が夕べ僕のところにやってきて、先生にいろいろ謝りたいとか。キツイこと言われたけど、先生のほうが正しいことに気が付いた、とにかく謝りたいからって」

祥子の思考回路がグルグルと加速しだしている。

「それなら大学に来るのが……いいえ、いいわ。来週の木曜日ね。久しぶりの池杉病院、懐かしいわ。今度こそ失敗しないように、気を引き締めなくっちゃ」


何事もなく一週間が過ぎた。秋山美代子は行方不明のままだ。

祥子は以前どおり池杉病院の職員用駐車場に愛車を入れ、白衣とカバンを手に、裏の職員通用口から中に入り、三階ナースステーションの当直看護師に声をかけた。

二人看護師がいたが、どちらも病院で初めて見かける顔だった。

「O大学の倉石です。今日は川崎先生の代理で来ました」

看護師が、よろしくお願いします、と平坦な声を返してきた。祥子が一度クビになった医師とは知らないらしい。

「木曜日、以前当直していたときには、いつも小山さんがいらしたのですが、今日は小山さんは」

「小山さんですか。さあ、私、入ったばかりで……。あなた知ってる？」

もう一人、年配の看護師が答えた。

「お辞めになったと思います。私、その方の代わりに入職したんです」

つい先日烈火からは、三塚瑠璃が病院をクビになった、と怒ったような笑うような声で連絡があったばかりだ。小山幸代も配置替えと、前原さゆりに嫌気がさして辞めたのか、あるいは瑠璃同様、クビになったのか。

一方で、池杉家親娘は仲よく暮らしているという。

前原さゆりは、木曜日は病院泊まりのようだと言った。あと不規則に夜、家を空けるのは、病院の当直日に一致するとも報告があった。

池杉時枝は、よほどさゆりを気にいっとるみたいや……。

祥子は次の木曜日、久々に池杉病院の当直になった、と知らせておいた。

変な病院やな、と烈火は携帯を切ったあと、蘭子と、呼び寄せた瑠璃も交えて、三つ思案顔を並べていた。

ていた。

「相変わらず、患者さん、夜も多いですねえ」

時計は零時をまわっている。先ほどまで、内科外科時間外患者が何人もつづいていた。

ようやく外来待合に人がいなくなった。

「では、当直室にいますから」

祥子は三階端にある、見なれた当直室に引き上げた。反対側の階段まで、途中のナースステーションから漏れる光以外は、ほとんど灯を落としてある。

ロッカー、机、テレビ、ベッドしかない殺風景な当直室だ。

白衣をハンガーにつるし、祥子は照明を落として、静かに身を横たえた。

謝りたいと言っていたさゆりは、姿を見せなかった。あの外来の賑わしさに、出てくるタイミングを逃したのかもしれない。まだ朝までは充分に時間がある。

しばらくすると、スースーと寝息の音だけになった。

時計の針が、カチカチカチと時を刻む音を、正確に闇に消していく。

一時……二時……三時……当直看護師たちの病棟を回る足音が、三階の床を這った……四時……

当直室の扉の外に人の気配があった。鍵がはずれる音がした。細く開いた。中の様子をうかがっているようだ。

しばらくして扉が閉まった。人が遠ざかっていった。

「ふうっ」

祥子はベッドの中で緊張を解いた。握りしめた手を開くと、汗びっしょりだった。

手を拭って、デスクの照明をつけた。

ベッドの下からゴソゴソと出てきたのは蘭子だ。

「先生。今の……」

廊下を覗いてみたが、暗い中、人の姿はなかった。

「また来よるかもしれん」

扉を閉めて祥子の横に戻った蘭子は、携帯を取り出した。

相手はすぐに出た。

「ああ、あんた。今……いや、襲われたわけやあらへん。けど、誰かが様子をうかがいに来よった」

電話の相手は烈火だ。

「誰かわからへんかったけど、たぶん」

蘭子は烈火の声を聴いたあと、携帯を切った。

「明け方まで、まだ要注意や。私もベッドの下にいるさかい。先生も気いつけてな。ほな、もうひと眠り」

窮屈そうに身体を床に転がした蘭子は、ベッドの下に姿を消した。

「すみませんね、蘭子さん。いちおう鍵、かけておきましょう」

「かけても、一緒ですやん。合鍵持ってますすで。それより、早よ寝まひょ。何や緊張してたのに、急に眠とうなってきたわ。いかん、いかん」

それでも、と祥子は鍵をおろした。

ピシャッと音がした。蘭子が自分の頬を手のひらでたたいた音だった。

それきり当直室は静かになった。


電話が鳴った。デスクの照明を点し、時計を見ると、五時前だった。

祥子の手はすでに電話を取って、耳に当てている。窓の外はまだ暗い。

「先生」

当直看護師の声だった。

「先生の車、駐車場ですか」

「ええ、そうですけど」

「どんな車です？　どこに停めてます？」

祥子は場所を言った。夜のことだ。駐車場には、祥子の車と職員の車以外は停まっていないはずだ。

「私、教科書を車の中に置いていて、ちょっと見たかったので、さっき取りに行ったんですけど、誰か先生の車を覗き込んでいたみたいなんです。何か貴重品、置いてませんか」

ベッドの下から蘭子が顔を出した。

「貴重品はないけど……ちょっと見に行ってみます」

「私も下におりますから」

受話器を置いた祥子は蘭子に小声で言った。

「駐車場に車上荒らしかも。ちょっと見てくるわ」

「うちの人に電話しときますわ。そのほうが安全ですやろ」

「お願いね」

「気ぃつけて」

病院裏職員通用口で、看護師が待っていた。

「先生、大丈夫ですか」

看護師は静かに扉を開けた。ひんやりとした外の夜気が流れ込んできた。

懐中電灯の光を先頭に、祥子は看護師のあとについていった。

祥子は二十台ほど停められる病院職員用駐車場の、いちばん隅に車を置いていた。二台、黒っぽい車が離れて、夜明け前の闇に沈んでいる。

ちょうど真ん中あたりに、軽自動車があった。看護師が光をあてた。

「これ、私のです。先生のは、あれですか」

余人の気配はなかった。

「何か、やられてませんかね」

二人は警戒しながら、祥子の車に近づいていった。

祥子は愛車のまわりを、ぐるりとひと回りしてみた。

「大丈夫そうねえ。鍵もやられてないし。懐中電灯、貸して」

祥子は車内に光を入れて、かがみ込んで中を見た。

フッと空気が動いた。

「あぶない!!」

祥子が身を飛ばすのと、駐車場の反対側でバタンとドアが開く音とともに、男の大声が響くのが同時だった。

祥子は顔の横で窓ガラスがドーンと大きな音をたてるのを聞いた。窓がへこんで、細かいひびが入った。

「くそっ」

スパナを投げ出して、駐車場を飛び出したのは看護師だった。

「待て!! このあま。追えっ」

男が二人、看護師につづいて、視界から消えた。

「祥子先生。大丈夫でっか?」

「大丈夫よ。それより、あの人、誰? どうして私を」

「さゆりとはちゃいますな」

「今夜の当直看護師よ。宮田《みやた》って名札がついていたけど」

「あの女、何とのう……」

その時だった。

キキキキィーッと耳をつんざく鋭いブレーキ音が起こった。

ドドーン。

重く弾ける、すさまじい音が、白みかけた早暁の空に鳴り響いた。

「わあぁ」

「やってもうた」

烈火と祥子は音と声のしたほうに走った。

「救急車や!!」

「せんせえ！」

男二人が立ちすくむ足もとに、何かかたまりが転がっている。

すぐ先に停まっている車から飛び出した男が駆け寄ってきた。

「そ、その人が急に飛び出してきたから」

動かないかたまりにやった目を男たち二人に向けて、運転者はオロオロとしている。

慌ただしい足音が、転がった物体を囲む人を押し分けて飛び込んできた。

「あぁっ！　おかあさん!!」

悲鳴があがった。

烈火の目がまん丸になった。

おかあさん、おかあさん、と動かない塊をゆさぶるのは、前原さゆりだった。

声が夜気を引き裂いた。

烈火も蘭子も祥子も、池杉時枝に救命処置をすることも忘れて、唖然とした顔で立ち尽くしていた。

18

虫の息……池杉時枝は生命徴候をわずかにつないで、特殊救命救急病院に到着したときには、まだ死んではいなかった。

すぐさま生命維持装置で管理された時枝は、外傷による大量出血のため、心肺停止寸前、緊急輸血が必要だった。

残り乏しい血液の何ccかが採血され、検査にまわされた。

「O型Rh（＋）。血液準備します」

「待て。このカルテ、見てみろ」

「これは……AB、ですか」

「十二年前、交通事故で運ばれてきたときのカルテだ。住所、年齢、名前、まちがいない。当時は骨折だけで、重大な問題はなかったようだが」

救命救急医の前に、電子カルテが開いている。

「そのときの血液型ですね。え？　骨折って、どこの骨折です」

「右大腿骨。交通外傷だ」

「オペは？」

「している」

「妙だな。到着時、ざっと見たところ、頭部陥没骨折、肋骨数本、両上腕骨は折れていたが、脚は何ともなかったように思ったが」

手術室に入り、気管内挿管が終わって、手術の準備ができた池杉時枝のまわりに、救命救急医師たちが駆けつけた。

傷だらけの裸体だが、脚は両方とも大きな外傷はなさそうだった。

「そんな手術痕、どこにもありませんよ」

「至急、大腿骨のレントゲンも追加してくれ」

五分後、医師たちは混乱していた。

「脚には骨折の痕など、どこにもないぞ」

「とすると、別人のカルテか、あれは」

「いえ。先ほど付き添ってきた娘さん、前原さゆりさん、あ、この方、事情があって、母方の姓を名乗っておられるとのことですが、患者の名前、年齢、住所、確認しました。住所も、ずっと同じM市で、転居などないそうです」

「大腿骨のことは」

「話してません」

「ということは、これはどうなる」

血液型の異なる同姓同名の人物で、一人は大腿骨骨折の既往がある。

「保険証は」

「自宅だそうで、明日、娘さんが持ってくると言ってました」

「もう一度、血液型をチェックしろ」

O型Rh(+)。再検結果が出た。

患者にはO型Rh(+)の急速輸血が行われた。

しかし、池杉時枝はそれから二時間後、遺体となった。

前原さゆりが、手術室から出てきた時枝の亡骸に取りすがって、泣き崩れていた。

医師たちの口から、事故後の調査にやってきたO市警察の担当官に、患者の二つの疑問点、すなわち血液型の相違、大腿骨骨折の痕がないことが報告された。

車に撥ね飛ばされた池杉時枝の意識のない体は、とても池杉病院で対処できる状態ではなかった。付き添った前原さゆりとともに救急車の音もけたたましく、夜の街に去っていったあと、祥子は外来待合の椅子に腰かけていた。

目の前に、神山烈火、蘭子、三塚瑠璃が隣りあって座り、烈火の部下数名が、夜にもサングラス、黒服に身を固め、後ろに兵隊のように立ち並んでいた。

「どうして池杉時枝さんが私を。てっきり前原さゆりが私を襲ってくるものと思っていた。さゆりが実の母親前原園子さんと、次の週、大澤三千夫さんを殺害した方法を詳しく書いて、彼女宛に手紙を送った。川崎先生の当直を変えてまで、私に謝りたいようなことを言ってきたとき、私はウマくかかったなと、手をたたいて喜んだものよ」

「で、先生はわしらと十分に作戦を練って、蘭子をベッドの下に潜ませ、わしらは駐車場で待機してたんやが」

「こうなると、池杉時枝は前原さゆり宛の手紙を読んだことになる。むしろ、時枝のほうが私を殺そうとした。なぜなの」

「乱暴な奴っちゃ。スパナで祥子先生の頭を。車、イカレてしまいましたな」

「それにしても、逃げ足も見事な速さね。とても十年以上も外に出ず、体が不自由で、介護されていた人とは思えないわ」

これまでの食い違い、チグハグな情景、頭のなかのモヤモヤが晴れて来そうな……しかし、まだ祥子にもわからなかった。

「十二年前、救命救急病院で大腿骨骨折の手術をした池杉時枝と、昨日死亡した池杉時枝は別人ということになります」

O市警察捜査本部、集まった刑事たちは一斉に首をひねった。

「どこでどう入れ替わった。誰とだ？　保険証は本人のものだったのだろう」

M市警察からも白鳥警部以下二名が参加している。

「夫の池杉雄策、病院長ですが、彼がこのことを知らないはずないでしょう」

「他人を自分の妻として、それも名前も変えずに一緒に住んでいたということか。時枝本人はどこに行った」

「池杉時枝はつい最近まで、看護師が十年以上も付き添っていた。歩行が不自由だったということです。それに精神状態も不安定だった。この看護師、秋山美代子は捜査願が出ていて、いまだもって行方不明です」

「クサイな」

「池杉時枝に付き添っていた前原さゆりは、池杉雄策が時枝と結婚した次の年に、前原園子の娘として生まれていますが、この前原園子は池杉病院で急性アルコール中毒のため死亡しています」

「何だって」

「ああ、言い忘れていましたが、行方不明の秋山美代子ですが、前原園子の死亡した日と同じ日に、池杉病院の近くで暴漢に襲われ、頭部打撲硬膜外血腫で、近くの近藤脳神経外科に転院、手術で一命を取りとめています」

「どういうことだ。すべてが、池杉病院、池杉に集中しているようだが」

白鳥警部が、おやっ、と驚いた声を出した。

「秋山美代子、前原園子だが、二人とも池杉病院に運ばれたのか」

白鳥の目は報告書の上を這っている。

「ここに記載されている医師名、倉石祥子だが」

「二人を診た当直医だそうです」

「なるほど」

白鳥の満面の笑みに、警察関係者は何ごと、と白鳥に視線を集めた。

「私、この女医さんをよく知っていますよ」

「へえ、警部、スミにおけませんね。どこで知り合ったんです。診てもらったたんですか、痔とか」

「アホか。何をバカなこと言っとる。〇大学随一の美人女医だ」

捜査会場にドッと嬉しそうな声が湧き上がった。

「夫君は埼玉署の岩谷乱風という、これも医者だが、なぜか刑事をやっているという変わり者だ。つい先日、秋山美代子さんのことで、岩谷刑事から問い合わせがあった」

「へえ」

「そうか。これはひとつ、倉石先生にも事情を聴いてみにゃいかんな」

白鳥はますます嬉しそうな顔になった。


「池杉時枝さんの血液型が、十二年前と今回で違っていた。しかも十二年前の右大腿骨骨折の痕がなかった。つまり、池杉時枝が二人いるということです」

白鳥警部の説明に、祥子の目は驚き半分、納得半分だ。警部は祥子から目を逸らせない。

「そのことを池杉雄策が知らないはずがない」

「これはもしかして、私たち、最初からだまされていたかもしれません」

祥子は白鳥警部に強い視線を当てた。確信のある眼差しだった。

「つまり、どういうことになります」

「今回、池杉時枝として死亡した人物は、急性アルコール中毒で死んだと思われていた前原園子。前原さゆりの実母です。かつての池杉、いえ、広瀬雄策の恋人《ひと》だった女です」

白鳥警部は自分でいちいちうなずきながら、説明を加えた。

「前原園子の溶血の激しかった血液だが、検査会社に保管してあったものから、辛うじて血液型が判明した。AB、Rh（＋）。これは十二年前に採られた池杉時枝の血液型に一致する」

祥子もうなずいた。

「急性アルコール中毒で死んだのが池杉時枝本人ということです。救急搬送されたとき、前原さゆりは真っ先に『おかあさん』と飛びついた。見事な芝居に、私たちも彼女の母親と信じ込んでしまった。彼女が点滴ルートを取ろうとした右肘静脈、ここには先に前原園子が池杉時枝にアルコールを注射した跡があった。袖にも血液の染みが出ていたかもしれません。私は見逃した。さゆりはバレないように、素早く右ひじに取りついて、わざと失敗して、血液を漏らしたように見せかけた」

祥子は考えをまとめながら、一言一言嚙み締めるように声にした。昨夜、乱風と充分に話し合っている。少し眠たいが、頭はハッキリとしていた。

「秋山美代子さんを解雇したのも、池杉時枝を前原園子と見せかけて殺害し、前原園子本人が池杉時枝として入れ替わるのを気づかれないために、ということです」

「そうなると、秋山美代子の受傷日が俄然問題になってきたな。池杉時枝がアルコールを注入された日だ。現場はすぐ近い。しかも、せっかく快復したというのに、また行方不明だ」

「秋山さん、時枝さんのこと、ずいぶん気になさっていたということです。何か思い出したのかもしれない。池杉時枝さんを見に行った。当然そこに時枝さんはいない。入れ替わった園子がいた。もし前原園子がそのことに気づいたとしたら」

実際は電話で秋山美代子が誘い出されたようなものだが、祥子たちには、そこまでは想像もつかなかった。

秋山美代子の死体は、池杉家の裏山地中深くから見つかった。

前原さゆりと池杉雄策が、殺人と死体遺棄容疑で逮捕されたことは言うまでもない。

「おかあさんは秋山美代子に、時枝にアルコールを点滴しているところを見られたと思ったのよ。私にも連絡があった。あの日の計画、要するに、時枝をアルコールで殺す計画がバレるかもしれないと思った。だから、おかあさんが追いかけて、人目につかないところで殴り倒したのよ。ひったくりの犯行と思われたみたいで、ちょうどよかったけど、あの女死んでなかった。救急搬送されてきた秋山美代子を見て、私、ちょっと慌てた。すきを見ておかあさんに電話したら、後ろから車が来たので、死んでいるのを確かめる暇がなかったと言った。おとうさんに相談したら、秋山美代子のことは余計なことだけど、とにかく最初の計画どおり、池杉時枝に集中しろと言った」

淡々と話す前原さゆりは、人間の感情が抜けた物質のようだった。

エピローグ

院長室の壁に突き刺さっていた十字架——。池杉万里のカルテが磔になっていた。

そのことを尋ねられると、池杉雄策の顔が悪鬼のごとく変化した。

「俺ははめられたんだ。池杉万里の夫、先代の院長池杉幸造。時枝の父親だ。あいつはカスだ。クズだ。俺を医者の風上にも置けない極悪人というなら、あいつは悪魔だ。

時枝と俺を結婚させるために、自分の妻に……抗癌剤の量をまちがったんじゃない。点滴に奴が何かを混ぜたんだ。池杉幸造が自分の妻を殺して、俺の責任にして、時枝と結婚するようにしむけたんだ。あとでわかった。

池杉幸造が、あるとき、自分がやったようなことを口走ったんだ。幸造には、外に何人も女がいた。やりたい放題、自分の妻が疎ましかったのだ。邪魔だったのだ。自分が自分の妻にやったことを、はっきりとは言わないにせよ、口にした男だ。

俺は幸造を追及したが、そのあとは言を左右にして、何も言わなかった。しかし、奴が何かをやったと、俺は確信した。

幸造にとっては、妻の胃癌、手術は、妻を葬るのに大きなチャンスだった。しかも池杉万里の主治医だった俺に、娘の時枝が惚れ込んだのだ。時枝からは、何としてでも俺と結婚したいと言われていた。

あの日、俺は万里に抗癌剤を投与するため点滴をした。病室には池杉幸造がいた。

点滴をはじめて十分もしないうちに、ナースコールがあった。俺が病室に駆けつけたときには、万里はすでに心肺停止状態だった。俺は最初は薬剤によるアナフィラキシーショックでも起こったのかと思った。これはあとで薬剤部からも伝えられた。

池杉幸造が言ってきたように、薬剤の分量を間違えたなんてことは絶対にない。

あの男が、俺が病室から出たあと、点滴に何か細工をしたのだ。

あの男は、俺のミスだと言いふらしやがった。裁判にすると脅してきやがった。病院ぐるみ、薬剤量を間違えたことを隠しているのだろうとも言ってきた。

こうなると、水かけ論だ。

もうひとつ俺に不幸だったのは、俺のまわりも味方になってくれなかったことだ。

将来の教授の席をねらう連中にとっては、俺を大学から追い出す格好の材料だった。

俺はたちまち居づらくなってきた。

ひどいもんだ。看護師の前原園子との付き合いも、彼女が妊娠していることまで、いろいろと取り沙汰された。

そんな俺に、池杉幸造は言ってきた。娘の時枝が俺にぞっこんだと。娘と結婚して、池杉病院を継いでくれれば、すべて目をつぶると。

俺は、もうヤケクソになっていた。大学でも、ますます居場所がなくなっていた。

追いつめられた俺は、それで池杉家に入った。

だが、園子とのあいだに生まれた娘のことは、一日たりとも忘れたことはなかった。俺は池杉姓を継いでからも、ひそかに二人の面倒を見てきた。幸造が死んでから、俺は時枝にそれとなく、親父の所業、園子とさゆりのことを吹き込んだ。

そのうち時枝は精神的に耐えられなくなったんだろう。家でふさぎこむようになった。

俺は時枝を気晴らしにと、外へ何度か連れ出した。交通事故は俺が起こしたものだ。事故に見せかけて時枝を亡き者にし、園子らを迎えようと計画した。復讐だよ。池杉の血への復讐だ。人生を壊された俺にとって、十分に価値のある復讐だよ。

時枝を助手席に乗せて、運転を誤ったふりをして、岩壁に突っ込んだ。時枝はペシャンコになるはずが、脚を折っただけですんでしまった。

今回は、娘のさゆりが看護師になったのを機に、三人で綿密に計画を練った。まちがいなく成功したのに、そのときの傷で、すべてがバレてしまうとは、考えもしなかった。

それに、あの女医、倉石祥子だ。

あいつが当直に来ていたことは、大きな誤算だった。佐治川から、倉石祥子は名医であるだけでなく、名探偵だとも自慢されたが、俺はナメていた。

それでも辞めさせて、病院から遠ざけたのだが、遅かった。まさしく、あの女にしてやられた。

あの女医だろう、さゆりに手紙を書いたのは。そもそも私の住所でさゆり宛に手紙が来たことでもおかしかったのだ。女医に真相がバレたのは間違いのないことだったが、証拠などあるはずがない。

誰でもよかったのだが、女医を追っ払うために、女医の責任のように見せかけて大澤を殺したとき、さゆりが四階にいて病室にしのび込み、汚水を注射したとしても、誰に見られたわけでもない。絶対に言い逃れができると、私は彼女たちに言ったのだ。

これ以上余計なことをしたら、ボロを出す。それをねらって、あの女医倉石が仕掛けた罠だと。

しかし、二人はどうしても不安だったのだろう。それにさゆりは、倉石祥子をとことん嫌っていたからな。

俺が止めるのも聞かず……馬鹿者どもが」

池杉雄策は淋しく笑った。そして最後に一言つぶやいた。

「俺は、私は、何のために医師の道を志したのだろう」

◎書き下ろし

ザ・ミステリ・コレクション

女医《じょい》・倉石祥子《くらいししょうこ》　死《し》の病室《びょうしつ》

著者　霧村悠康《きりむらゆうこう》

発行所　株式会社 二見書房
東京都千代田区三崎町2-18-11
電話　03(3515)2311［営業］
　　　03(3515)2313［編集］
振替　00170-4-2639

印刷　株式会社 堀内印刷所
製本　合資会社 村上製本所

ISBN978-4-576-12024-9
http://www.futami.co.jp/

霧村悠康

「女医・倉石祥子」シリーズ

特効薬
疑惑の抗癌剤

認可間近の経口抗癌剤ＭＰ98の第三相試験中、末期肺癌患者が喀血死した。一見、彼の死は当然のものと思われたが、主治医の倉石祥子だけが首を傾げた。同薬の副作用がないという触れ込みに疑問を抱いた彼女たちは、認可差し止めに動きだす。その一方で、謎の殺人事件が発生し……。製薬会社、大学病院他、新薬認可を巡る思惑と深い闇を描き出した書き下ろし。「女医・倉石祥子」シリーズ第一弾！

霧村悠康

「女医・倉石祥子」シリーズ

黒い研究室

製薬会社の跡地から身元不明の白骨が発見された。また、旧研究室と思われる部屋からは、医学の最先端に迫っていたと思われる驚異の研究の痕跡が——。誰が、何のために？　一方、白骨死体と同じ切痕を持つ不可解な連続殺人が発生、O大学内科医の祥子はT大学医学部出身の刑事・乱風とともに事件の闇に迫るが……。人気作家による書き下ろし。「女医・倉石祥子」シリーズ第三弾！